Os novos
PecadosCapitais

João Baptista Herkenhoff

Os novos PecadosCapitais

JOSÉ OLYMPIO
EDITORA

© *João Baptista Herkenhoff*

Reservam-se os direitos desta edição à
EDITORA JOSÉ OLYMPIO LTDA.
Rua Argentina, 171 – 1º andar – São Cristóvão
20921-380 – Rio de Janeiro, RJ – República Federativa do Brasil
Tel.: (21) 2585-2060 Fax: (21) 2585-2086
Printed in Brazil / Impresso no Brasil

Atendemos pelo Reembolso Postal

ISBN 978-85-03-00953-9

Capa: Isabella Perrota/Hybris Design
Ilustrações: Liberati

CIP-Brasil. Catalogação-na-fonte
Sindicato Nacional dos Editores de Livros, RJ.

H47n
Herkenhoff, João Baptista, 1936-
Os novos pecados capitais / João Baptista Herkenhoff.
– Rio de Janeiro: José Olympio, 2007.

ISBN 978-85-03-00953-9

1. Conduta. 2. Pecados capitais. I. Título.

07 0539
CDD – 177
CDU – 177

SUMÁRIO

Apresentação   7

Introdução
Os sete pecados capitais segundo a tradição   11

Os pecados capitais na perspectiva contemporânea
Visão dos sete pecados na entrevista que originou este livro   19

CAPÍTULO 1

Soberba — Pretensão imperialista   27

CAPÍTULO 2

Ira — Guerra   37

CAPÍTULO 3

Inveja — Complexo de inferioridade   49

CAPÍTULO 4

Avareza — Materialismo   61

CAPÍTULO 5

Preguiça — Individualismo   73

CAPÍTULO 6

Gula — Fome de lucro   87

CAPÍTULO 7

Luxúria — Consumismo   101

Conclusão   109

Referências bibliográficas   113

APRESENTAÇÃO

Em abril de 2005, fui procurado por Marcelo Pereira, do jornal *A Gazeta*, de Vitória, onde resido, para uma entrevista. Estava sendo lançada uma coletânea de livros sobre os sete pecados capitais e o jornalista me pediu que abordasse o tema sob uma perspectiva contemporânea. Atendi a sua solicitação. A matéria publicada no suplemento "Caderno Dois", em 10 de abril de 2005, um domingo, ganhou o título "Os novos pecados capitais" e foi magnificamente editada. Produzida pelo repórter fotográfico Gildo Loyola, a foto do entrevistado — que, com seus quase 70 anos, não é lá nenhum modelo de beleza — se destaca por ter ao fundo a bela *Santa ceia*, pintada por Gilbert Chaudanne.

Posteriormente, o texto publicado foi selecionado por uma agência de notícias que oferece a seus assinantes extratos de publicações de todo o país. Foi por meio desse serviço de imprensa que a entrevista chegou ao conhecimento da Editora José Olympio e, mais diretamente, da gerente editorial Maria Amélia Mello. Maria Amélia, que não me conhecia, localizou-me entrando em contato com um colega seu, da Pontifícia Universidade Católica (PUC/RJ), cujo sobrenome é igual ao meu (Alfredo Herkenhoff). Ela concluíra: só pode ser parente. De fato, tratava-se de um dileto sobrinho.

Recebo então, em meados de setembro de 2005, o telefonema da Maria Amélia. Ela queria que eu escrevesse um livro desenvolvendo as idéias esboçadas na entrevista sobre como os conceitos de pecado capital continuam vivos na sociedade atual, mas disfarçados sob uma roupagem. Não dei resposta imediata. Ia pensar um pouco.

Acostumado a escrever livros de Direito e sobre ética e cidadania, percebi que o desafio requereria uma incursão por novos territórios. Mas me entusiasmei com a proposta. E logo descobri a riqueza de pensamento, a criatividade, o mergulho na alma e a beleza estética que envolvem a idéia por trás dos sete pecados capitais. Assim, pesando as dificuldades que teria de enfrentar e a alegria que o trabalho certamente me proporcionaria, aceitei o desafio.

O resultado dessa viagem é o livro que o leitor agora tem em mãos.

INTRODUÇÃO

Os sete pecados capitais segundo a tradição

Na infância, fui fazer certa vez o que se chamava, na época, de "confissão geral". Ela diferia da confissão comum, que abrangia apenas os pecados cometidos pelo penitente desde a última confissão até o dia em que ele novamente se confessava, abarcando somente os pecados ainda não absolvidos. Já a confissão geral era um balanço absoluto, uma revisão da vida pelo lado negativo. Era como uma soma de todas as confissões já feitas.

Nessa confissão geral a que me reporto, cheguei à conclusão de que tinha transgredido todos os mandamentos da Lei de Deus e os da Igreja. Além disso, tinha incorrido em todos os pecados capitais. Angustiado, eu me via pecador como o padre Amaro, que, na ficção de Eça de Queiroz, foi caracterizado justamente com essa marca de transgressor de todos os mandamentos e réu de todos os pecados capitais.[1]

Mantenho, na idade adulta, a fé adquirida na infância. Ou seja: no essencial, o legado religioso que meus pais me transmitiram perdura; no acidental, fiz uma completa revisão de fé.

Para essa revisão, foi fundamental meu encontro com a Teologia da Libertação, com as Comunidades Eclesiais de Base e com as grandes vozes do Ecumenismo. Decisivo foi também o tempo que vivi na França, estudando as raízes universais dos direitos humanos. Durante esse tempo convivi com crentes de várias religiões, especialmente cristãos, judeus e muçulmanos.

De certa forma, a produção deste livro levou-me a um retrospecto do itinerário religioso que percorri. Explicando melhor: os "pecados capitais segundo a tradição" são os pecados como eu os aprendi no catecismo. Os "novos pecados capitais" são a forma como eu os vejo hoje.

Na *Suma teológica* (*Summa Theologica*), Tomás de Aquino, a partir de um rigorosíssimo pensamento lógico, entremeado de perguntas e respostas, afirmações e negações, dúvidas e conclusões, examina, ponto por ponto, as circunstâncias das ações humanas, o ato voluntário e o involuntário, o modo pelo qual a vontade é movida, a fruição e a intenção, a bondade e a malícia das atitudes, o consentimento etc.[2]

Não se pode estudar um autor, em qualquer área que seja do pensamento, sem reportá-lo à sua época. Há de se lembrar que Santo Tomás de Aquino nasceu em 1225 e morreu em 1274. É admirável, portanto, que tenha percebido a intrínseca duplicidade do ser humano: de um lado, participa da verdade, da bondade e da beleza do ser, que é Deus; de outro, é treva porque procede do nada. É a partir dessa visão tão humana do ser que Tomás de Aquino identifica os sete pecados capitais e os vícios em que estes se desdobram, alcançando cerca de cinqüenta.

Numa ousada síntese (porque é sempre arriscado sintetizar o meticuloso pensamento de Tomás de Aquino), parece que as proposições do teólogo dão embasamento à doutrina tradicional da Igreja Católica, no que diz respeito ao pecado. Por isso, antes de chegarmos aos "pecados capitais", vamos examinar conceitos que os antecedem, como os de pecado, pecado mortal, pecado venial.

Comecemos pela simples idéia de pecado. O pecado é um ato pessoal, uma transgressão livre e deliberada da Lei de Deus. Provoca uma ruptura das relações entre criatura e criador. Sua essência é uma rebelião contra a vontade de Deus. Será pecaminoso o ato em que a vontade humana for contra a vontade divina, reconhecida como tal pela reta consciência.

A doutrina tradicional ensinava que os pecados se dividiam em dois grupos: os mortais e os veniais. O mortal ocorreria sob três circunstâncias: a) matéria grave; b) conhecimento perfeito; c) consentimento pleno. Haveria matéria grave quando a transgressão representasse, em substância, uma ação ou omissão extremamente ofensiva, sob o aspecto moral ou religioso, a Deus, a si mesmo ou ao próximo.

Mesmo havendo "matéria grave" no ato ou omissão segundo o julgamento da consciência, o pecado mortal exigiria a concorrência das duas outras circunstâncias que o integram. Assim, seria preciso, em primeiro lugar, que houvesse, por parte do pecador, o conhecimento perfeito da gravidade de sua falta. Diversamente do que ocorre no direito dos homens (Direito Penal, Direito Civil), no qual a ignorância da lei não redime o dolo ou a culpa, no direito divino, segundo o ensino que estamos examinando, a ignorância do agente descaracteriza o pecado mortal.

Além da matéria grave e do conhecimento perfeito, um terceiro elemento fecha o rol das condições para a prática do pecado mortal: o consentimento pleno. O consentimento pleno é a adesão absoluta do pecador ao ato que está praticando ou à omissão em que está incorrendo. Não basta sentir, fazer ou deixar de fazer algo. É preciso que no âmago do ser humano haja o consentimento pleno em relação a isso, a aceitação sem rebuços da infração que está sendo praticada. Ainda segundo o ensino clássico católico, o pecado mortal só poderia ser absolvido por meio do sacramento da confissão.

Já o pecado venial é leve, em razão da substância, ou seja, não se trata de matéria grave. Ocorre, também, quando envolve matéria grave, mas sem conhecimento perfeito nem consentimento pleno. A absolvição do pecado venial não exigiria a confissão sacramental. Bastaria o pedido de perdão a Deus e o correspondente arrependimento.

Dentre os pecados mortais, ou seja, os que carregam consigo "matéria grave", a reflexão teológica formulou a doutrina dos "pecados capitais", dos quais decorrem todos os outros. Eles são sete: ira, avareza, inveja, orgulho, preguiça, gula e luxúria.

Dos sete, quatro são cometidos contra o espírito — ira, avareza, inveja e orgulho. Prejudicam tanto quem os comete quanto a quem foram dirigidos. Os três outros são pecados cometidos contra o corpo. Ofendem quem os comete. Seu efeito pernicioso não se estende, em princípio, a outras pessoas. São a preguiça, a gula e a luxúria.

Aos pecados capitais contrapõem-se sete virtudes que podem também ser chamadas de capitais: a humildade, em oposição ao orgulho; a generosidade, para vencer a avareza;

a caridade, que se opõe à inveja; a mansidão, no lugar da ira; a castidade, em vez da luxúria; a temperança, e não a gula; a diligência, como antídoto da preguiça.

Evágrio Pôntico foi o primeiro teorizador dos pecados capitais, no século IV. Seguiu-lhe São João Cassiano, pouco depois. São Gregório Magno (papa Gregório I), cuja morte, em 604, marca o fim do período patrístico, aponta, na linha do ensinamento de Evágrio Pôntico e João Cassiano, os sete pecados capitais como acima enumerados. Na sua visão esses pecados seriam os de maior gravidade. Jean Lauand observa com agudeza que João Cassiano e Gregório Magno fizeram, por meio da enunciação dos pecados capitais, uma tomografia da alma humana.[3]

No século XIII, Santo Tomás de Aquino retomou o ensino de Evágrio Pôntico, João Cassiano e Gregório Magno, para desenvolver a idéia de que esses sete pecados eram capitais porque, em vista da sedução que exercem, deles decorreriam todos os outros. De acordo com Santo Tomás de Aquino, cuja classificação difere ligeiramente da de seus predecessores, os pecados capitais são: vaidade, avareza, inveja, ira, luxúria, gula e acídia. Quando usamos o verbo no passado, ao nos referirmos à doutrina dos pecados capitais, não queremos dizer que a velha teologia morreu. No novo *Catecismo da Igreja Católica*, a doutrina dos sete pecados capitais é mantida, como fruto da "experiência cristã". E acreditamos que, mesmo nos tempos atuais, essas colocações, submetidas a uma interpretação atualizadora, podem ser úteis para se compreenderem certos aspectos de ação do ser humano.

No entanto, embora falemos do ângulo teológico, não é esta discussão o objetivo deste livro. A perspectiva de trabalho é outra, como se verá pouco a pouco.

Como observa Lênia Márcia Mongelli, professora-titular de Literatura Portuguesa da USP, especialista em estudos medievais:

> Os pecados capitais — que foram extraídos do *De Malo* e que estão igualmente discutidos na segunda parte da *Summa Theologica* — dão testemunho contundente da flexibilidade das posições interpretativas de Tomás, ao considerar que todos os vícios são uma desordem das paixões e que é benéfico qualquer exercício para tentar

reorganizá-las, reconduzi-las ao reto caminho. Atente-se para as considerações acerca da ira: o aspecto formal dela suscita o desejo de vingança; mas seu aspecto material, as alterações fisiológicas que provoca (por exemplo, o calor do sangue no coração), evocam a força da natureza humana que, se devidamente administrada por nossa alma racional, pode conduzir ao bem.[4]

Jean Lauand afirma muito acertadamente:

> Em sua doutrina sobre os pecados capitais — ou vícios capitais — Tomás repensa a experiência acumulada sobre o homem ao longo de séculos. (...) Mais do que em qualquer outro campo é quando trata dos vícios que seu pensamento mergulha no concreto. (...) Assim, é freqüente encontrarmos nas discussões de Tomás sobre os vícios — para além da aparente estruturação escolástica — expressões de um forte empirismo, como: *Contingit autem ut in pluribus...* (o que realmente acontece na maioria dos casos...).[5]

Prosseguindo, Jean Lauand nota que Santo Tomás chamou os vícios de capitais porque são vícios especiais que gozam de uma espécie de liderança (capital, de *caput*, cabeça). Após analisar cada vício capital, Tomás de Aquino trata das "filhas" desses vícios, os maus hábitos que deles decorrem. O pecado capital impõe uma cadeia de motivações. Os sete arrastam outros atrás de si. Assim, por exemplo, à avareza subordinam-se a fraude e o engano.[6]

Thomas Hobbes, pensador inglês do século XVII, acredita que os homens receberam da natureza a cupidez, o medo, a ira e as demais paixões animais. No "estado de natureza" haveria uma guerra de todos contra todos, e nessa guerra todos teriam direito a todas as coisas. Contudo, os homens, por uma necessidade também de sua natureza, querem sair desse estado odioso, tão logo se dão conta de sua miséria. Percebem que isso não pode ser realizado a não ser que eles, estabelecendo pactos, abram mão de seu direito a todas as coisas. Para sair do "estado de natureza", o homem cria o Estado, a comunidade política que freia seus instintos, e substitui o pensamento egoísta pela razão coletiva.[7]

Parece que os vícios capitais, que estiveram esquecidos, merecem o interesse que se observa atualmente. Constituem uma descoberta antropológica, de magnitude perene. Por essa razão, a reflexão a respeito dessa doutrina pode ajudar os contemporâneos em face das perplexidades de nosso tempo. Recorrendo ainda a Jean Lauand, podemos afirmar que a filosofia de Tomás de Aquino é inesgotável por incidir no esforço de ensinar uma metafísica do ser humano como substância cuja forma potencial está contida no próprio ato de existir.[8]

NOTAS

1. Queiroz, Eça de. *O crime do padre Amaro*. São Paulo, Ática, 1998.
2. Cf. Aquino, Tomás de. *Suma teológica*. Tradução de Alexandre Correia. Texto integral disponível na Internet no site: http://sumateologica.permanencia.org.br/ — acesso em 14 de outubro de 2005.
3. Lauand, Jean. *Sobre o ensino (De Magistro) / Os sete pecados capitais,* de S. Tomás de Aquino. Tradução e estudos introdutórios. São Paulo, Martins Fontes, 2001, passim.
4. Mongelli, Lênia Márcia. Resenha: *Sobre o ensino (De Magistro) / Os sete pecados capitais*, de S. Tomás de Aquino. Tradução e estudos introdutórios de Jean Lauand. São Paulo: Martins Fontes, 2001, 147 p. Texto disponível na internet no site: http://www.revistamirabilia.com — acesso em 21 de outubro de 2005.
5. Lauand, Jean, obra citada, passim.
6. Lauand, Jean, obra citada, passim.
7. Cf. Hobbes, Thomas. *De Cive — Elementos filosóficos a respeito do cidadão*. Tradução de Ingeborg Soler. Petrópolis, Vozes, 1993. Ver especialmente os capítulos 1 e 5.
8. Lauand, Jean, obra citada, passim.

OS PECADOS CAPITAIS NA PERSPECTIVA CONTEMPORÂNEA

Visão dos sete pecados na entrevista que originou este livro

A preocupação de atualizar os pecados capitais tem estado presente em vários debates nos últimos tempos. Segundo o padre Roberto Paz, membro do Grupo de Diálogo Inter-Religioso da Arquidiocese de Porto Alegre, estudar e compreender os pecados capitais é útil aos cristãos de hoje.[1] Já a psicóloga de abordagem junguiana Rosemeire Zago vai além, defende que conhecer os pecados capitais é entrar em contato com nossos instintos mais primitivos, o lado escuro que todos nós temos, a "sombra", que se refere Jung.[2]

Rosemeire Zago diz ainda que todos os pecados capitais têm em comum a busca da satisfação no mundo externo. Segundo ela, o ser humano procura compensar, por meio do pecado, a falta de amor-próprio e a necessidade profunda e inconsciente de fugir dos próprios sentimentos. Haveria uma oposição entre esses valores externos e os internos, como intuição, inspiração e percepção, que se localizam no mundo íntimo. O objetivo maior do ser humano seria evoluir, sair da inconsciência para a consciência, da razão para a intuição, do ter para o ser.

A autora finaliza sua reflexão dizendo que é possível transformar os sete pecados capitais em aprendizagem se percebermos que o maior sentido da vida é a conscientização da riqueza do mundo interior. Os sentimentos, a emoção, a sensibilidade, a naturalidade são dotes freqüentes nas crianças que os adultos vão perdendo ao criar defesas e máscaras. Distanciam-se do que é "verdadeiramente valioso e que dinheiro algum pode comprar: o amor em sua essência mais pura".[3]

Rachel de Queiroz, em deliciosa crônica, diz que os pecados capitais, que lhe foram ensinados no colégio de freiras, parecem representar a soma da iniqüidade humana.[4]

Taiz Zeidan acredita que é impossível viver sem vícios e manias, já que os pecados capitais estariam inseridos naturalmente na vida do ser humano, e deles resultariam efeitos positivos e negativos no corpo e na mente. Conforme ressalta: "Eles representam os pontos fracos mais comuns do homem. Mexem com desejos e frustrações, vendem cigarros, carros e perfumes, criam guerras e lotam consultórios médicos e psiquiátricos."[5]

Contudo, adverte: "Mas, como enfatizam os médicos que tratam pacientes vítimas de efeitos colaterais de vícios capitais, é importante saber até onde se permitir pecar. Basta vontade e esforço para controlar desejos e ânsias."[6]

Erica Kohler defende que os sentimentos envolvidos nos pecados não são negativos na sua essência: "O erro está em alimentá-los e agir sob o efeito deles, sem procurar novas formas de comportamento."[7]

Edmour Saiani observa que, embora o mundo tenha mudado,

> a humanidade ainda vive em torno de pecados e penitências. Todo mundo sabe que o caminho do céu tem a ver com não cometer pecados. Mas o difícil é não cometê-los. Os sete pecados capitais mudaram. Numa matéria muito bacana do "Jornal da Família", suplemento dominical de *O Globo*, aprendi que avareza virou consumismo, preguiça virou tara pelo trabalho, luxúria virou voyeurismo, ira virou deboche, orgulho virou autopromoção, gula virou alma anoréxica e inveja virou dissimulação.[8]

Ian Fleming propõe uma atualização da lista dos pecados capitais, por entender que os sete novos são: amor ao dinheiro, crueldade, esnobismo, hipocrisia, falsa moral, covardia moral e maldade.[9]

Finalmente, vale citar Frei Betto, que faz uma viagem pelos pecados capitais no mundo contemporâneo:

Todos os pecados capitais, sem exceção, são tidos como virtudes nessa sociedade neoliberal corroída pelo afã consumista.

A inveja é estimulada no anúncio da moça que, agora, possui um carro melhor do que o de seu vizinho. A avareza é o mote das cadernetas de poupança. A cobiça inspira todas as peças publicitárias, do Carnaval a bordo no Caribe ao tênis de grife das crianças. O orgulho é sinal de sucesso dos executivos bem-sucedidos, que possuem lindas secretárias e planos de saúde eterna. A preguiça fica por conta das confortáveis sandálias que nos fazem relaxar, cercados de afeto, numa lancha ao sol. A luxúria é marca registrada da maioria dos clipes publicitários, em que jovens esbeltos e garotas esculturais desfrutam uma vida saudável e feliz ao consumirem bebidas, cigarros, roupas e cosméticos. Enfim, a gula subverte a alimentação infantil na forma de chocolates, refrescos, biscoitos e margarinas, induzindo-nos a crer que sabores são prenúncios de amores.

E conclui suas observações o incomparável frade escritor: "Há nas tradições religiosas uma sabedoria de vida. Despidos de preconceitos, se refletirmos bem sobre os sete pecados capitais veremos que cada um deles se refere a uma tendência egoísta que traz frustração e infelicidade."[10]

Nenhuma dessas percepções atualizadoras mencionadas coincide com a que propusemos na entrevista concedida ao jornal *A Gazeta*. Há pontos de contato com algumas propostas de atualização a respeito de pecados capitais isolados. Mas coincidência absoluta, creio que não há.

Como dissemos, o desafio que nos propôs a Editora José Olympio foi o de transformar em livro as idéias apresentadas na entrevista. Essa tarefa nos leva a traçar um retrospecto dos pecados capitais, tendo em vista sua perspectiva contemporânea, para explicar, numa primeira abordagem, a visão dos sete pecados exposta anteriormente. A partir do capítulo 1, trataremos dos pecados capitais, um a um, examinando sua formulação clássica e tentando transpô-los para a forma como entendemos que eles se apresentam hoje (novos pecados capitais).

Para isso, mergulharemos nas suas origens antropológica, psicológica, histórica, recorrendo à bibliografia existente e tentando isolar as grandes motivações individuais e as circunstâncias sociais de cada um. Posteriormente, buscaremos estabelecer o traço de união entre o pecado clássico e a versão moderna que enunciamos.

Teremos atingido nosso objetivo quando provarmos a identidade de origem e motivação entre o pecado clássico e o pecado moderno, ou seja, que o pecado clássico tem no "novo pecado" a sua vestimenta.

Serão a guerra e a corrida armamentista a máscara da velha ira?

Será o materialismo a versão moderna da avareza?

Será o complexo de inferioridade — gerado por padrões decretados de beleza, virtude, felicidade — a nova forma da inveja?

Será a pretensão imperialista a manifestação hodierna da soberba?

Será o individualismo a nova face da preguiça?

Será a fome de lucro sem limites o sucedâneo da gula?

Será o consumismo o novo nome da luxúria?

Se essas proposições vierem a ser demonstradas neste livro, conforme pretendemos, ficará comprovado que realmente nos acudiu generosa intuição quando desenhamos os contornos dos "novos sete pecados capitais".

NOTAS

1. Apud Bruno Valadão. Texto disponível na internet no site: http://www.universocatolico.com.br — acesso em outubro de 2005.
2. Texto disponível na internet no site: www.portalmulher.sdv.pt — acesso em outubro de 2005.
3. Id., ib.
4. Queiroz, Rachel de. Os Sete Pecados Capitais. In: *O Estado de S. Paulo*, edição de 3 de fevereiro de 2001. Consegui localizar o jornal graças à ajuda de Renata do Amaral e Vanessa Lins, da organização "Quinto Pecado".
5. Zeidan, Taiz. "Comportamento — Que pecado você cometeu hoje?" Colhido na internet em outubro de 2005, pesquisando "pecados capitais" através do Google.

6. Idem, ibidem.
7. Kohler, Erica. Os sete pecados capitais. In: *Revista Paradoxo*, edição virtual de 26 de junho de 2005.
8. Saiani, Edmour. "Os sete novos pecados capitais." Colhido na internet em outubro de 2005, pesquisando "pecados capitais" através do buscador Google.
9. Apud Epstein, Joseph. *Inveja*. In: coleção Sete Pecados Capitais, São Paulo, Editora Arx, 2004, p. 18.
10. Betto, Frei. "Pecados capitais". Colhido na internet em outubro de 2005, no site: http://www.social.org.br/artigos/artigo006.htm.

CAPÍTULO 1

Soberba — Pretensão imperialista

A PRETENSÃO no lugar da SOBERBA

Os Estados Unidos conhecem esse pecado por demais. Os americanos têm a pretensão de possuírem o monopólio da verdadeira democracia. Nenhum modelo democrático funciona, somente o deles é que presta. E usam sua ira para impô-lo ao mundo.

Entrevista do autor ao jornal A Gazeta, de Vitória.

Segundo a tradição bíblica, o orgulho foi o pecado de Satanás.
Leia-se no Profeta Isaías:

> Dizias no teu coração:
> Subirei até o céu, acima das estrelas de Deus colocarei meu trono, estabelecer-me-ei na montanha da Assembléia, nos confins do norte.
> Subirei acima das nuvens, tornar-me-ei semelhante ao Altíssimo.[1]

O oposto do orgulho é a humildade, que o apóstolo Pedro exalta: "Revesti-vos todos de humildade em vossas relações mútuas, porque Deus resiste aos soberbos, mas dá sua graça aos humildes."[2]

Ainda na fonte bíblica, Paulo Apóstolo, em carta dirigida aos coríntios, previne contra a soberba: "Ninguém se ensoberbeça tomando o partido de um contra o outro. Pois quem te distingue? Que possuís que não tenhas recebido? E, se recebeste, por que haverias de te ensoberbecer como se não o tivesses recebido?"[3]

Santo Agostinho adverte que uma coisa é a solidez da grandeza, e outra, a inanidade do vão.[4] Confúcio ensina que o homem superior é digno e tranqüilo, mas não é orgulhoso. Já o homem inferior é orgulhoso, mas não é digno.[5]

A soberba leva o ser humano a desprezar o próximo e a considerar-se superior aos demais. O soberbo atribui a si todos os méritos, e sua alma é alimentada por um contínuo sentimento de grandeza. A soberba tem relação direta com a ambição desmedida, seja pelo poder, seja pelo dinheiro.

Para Santo Tomás de Aquino, mais do que apenas um pecado capital, a soberba é a raiz e a rainha de todos os pecados:

> A soberba geralmente é considerada como mãe de todos os vícios e, em dependência dela, se situam os sete vícios capitais, dentre os quais a vaidade é o que lhe é mais próximo: pois esta visa manifestar a excelência pretendida pela soberba e, portanto, todas as filhas da vaidade têm afinidade com a soberba.[6]

Na acertada observação de Jean Lauand, Tomás de Aquino situa a soberba fora e acima da lista dos vícios capitais, para considerá-la um pecado, por assim dizer, supracapital, fora da série.[7] Em vez da soberba, Santo Tomás prefere falar da vanglória ou vaidade como pecado capital, construindo um primoroso raciocínio em torno do tema. De acordo com ele, todo pecado se fundamenta em algum desejo natural, e o homem, ao seguir qualquer desejo natural, tende à semelhança com o divino, pois todo bem naturalmente desejado se assemelha, de certa forma, à bondade divina. O pecado é desviar-se da reta apropriação de um bem. A busca da própria excelência é um bem. A soberba é a desordem, é a distorção dessa busca.

A soberba se encontra, portanto, em qualquer outro pecado, seja por recusar a superioridade de Deus, seja pela sua projeção, que se dá em qualquer outro pecado.[8]

Pensadores nos previnem sobre o quanto o orgulho é sub-reptício e ardiloso:

> Mais fácil é escrever contra o orgulho que vencê-lo. (Francisco de Quevedo)
> O orgulho está no pensamento; nele a língua só pode desempenhar pequeno papel. (Montaigne)
> Não há coisa que mais orgulho proporcione a um filósofo do que um bom pensamento por ele escrito contra o orgulho. (E. Wertheimer)

O orgulho, vendo como é honrada a humildade, pede-lhe emprestado o manto. (Thomas Fuller)

Poucos são os atos de pura virtude dos homens; demasiadas vezes o que os impele a favorecer o próximo é a vaidade, é o orgulho. (G. Baretti)

A respeito do orgulho como semente de outros vícios, anotamos:

Que homem soberbo não é odioso? (Eurípides)

O orgulho gera o tirano. O orgulho, após acumular inutilmente imprudências e excessos e atingir o clímax, cai num abismo de males do qual nunca mais consegue safar-se. (Sófocles)

Em geral, no fundo de todos os grandes erros está o orgulho. (John Ruskin)

Ainda sobre esse pecado, colhemos estes ensinamentos:

O orgulho é sempre o complemento da ignorância. (Bernard de Bovier de Fontenelle)

Orgulho, o mais fatal dos conselheiros humanos. (Alfred de Musset)

O homem modesto tem tudo a ganhar, o orgulhoso, tudo a perder, porque a modéstia encontra sempre pela frente a generosidade, e o orgulho, a inveja. (A. Rivarol)

Nunca pode ser justo o orgulho; portanto, nunca pode servir de apoio na fraqueza, nem de consolo na adversidade. (A. Manzoni)

Mas o orgulho não tem apenas o lado negativo de vício. Pode-se ver nele, também, um lado positivo:

Todo homem altivo, todo povo nobre tem um orgulho que nutrir, e por ele se bate e por ele quer vencer. Nessa luta eterna jaz a glória e o deleite da humanidade. (Rubén Darío)

A união da cortesia ao orgulho é uma obra-prima. (Schopenhauer)

Feliz de quem tem bastante orgulho para não falar bem de si próprio, feliz de quem teme os que o ouvem, e não compromete o seu mérito com o orgulho dos outros. (Montesquieu)

Alguns sábios se gabam de haver dominado paixões que jamais combateram, e nisso é que está a origem do seu orgulho. (U. Foscolo).[9]

No livro *O vôo da rainha*, o escritor argentino Tomás Eloy Martínez radiografa a soberba, "a abelha-rainha de todos os vícios e pecados".[10] Camargo, a personagem principal da história, é um jornalista ambicioso que sacrifica tudo para alcançar a almejada posição de diretor do *Diário de Buenos Aires*. Arrogante, vaidoso, complacente consigo mesmo e duro com todos, Camargo personifica a soberba e todos os vícios que à soberba prestam homenagem. Mesmo o amor de Camargo por Reina é marcado pela obsessão de um domínio tirânico.

Na obra ficcional, Tomás Eloy Martínez mostra o caráter avassalador da soberba, que traga todas as virtudes para servir aos fins que a alimentam e justificam. Cultivada com todas as energias, a soberba não leva a personagem de Martínez à felicidade: "Sempre que nos acontece uma felicidade, devemos esperar uma infelicidade."[11]

Sobre este pecado capital, Rachel de Queiroz observa:

> Soberba: é especialmente odiosa para a gente do sertão. Talvez seja melhor chamá-la de arrogância. Para as pessoas de lá, a arrogância é o pecado que mais nos fere, com sua implícita e natural significação. Nós, sertanejos, também chamados de matutos, somos os receptáculos diretos dos desdéns dos pracianos. E procuramos revidar na altura.[12]

Qual a face do orgulho no mundo moderno?
Qual a mais nociva manifestação de soberba neste início de milênio?
O orgulho individual continua vivo na personalidade de muitos seres humanos.

A humildade, a mansidão e a doçura nos encantam, justamente porque o orgulho e a soberba ainda estão presentes nas relações pessoais.

Mas será esse orgulho interpessoal o que põe em perigo a própria sobrevivência da humanidade? Como acontece com outros pecados capitais, a prática social é mais grave que a prática individual: o "pecado social do orgulho" suplanta em dano e perigo o "pecado individual do orgulho".

Creio que a mais grave expressão de orgulho, neste tempo em que vivemos, é a soberba imperialista.

Parece-me que a humanidade estava mais tranqüila no período da Guerra Fria, quando Estados Unidos e União Soviética disputavam a hegemonia no mundo. Os americanos tinham medo dos soviéticos. Os soviéticos tinham medo dos americanos.

Com a queda da URSS, os Estados Unidos sentem-se donos, tutores, juízes do mundo, e se supõem titulares do direito de intervir militarmente onde lhes aprouver. Invadir um país, derrubar um governo, assassinar um presidente da República, tudo isso é simples detalhe no jogo de cartas em que Tio Sam guarda, nas mãos, todos os trunfos. Deliberações de órgãos internacionais como ONU, Corte Internacional de Justiça e outros não lhes dizem respeito. As culturas nacionais são desprezíveis e devem ser substituídas pela cultura, pelo modo de viver, pelos padrões de conduta, pela alimentação e por tudo o mais do império dominante.

Interesses econômicos, políticos e militares do império norte-americano ditam as normas de convivência entre os povos e as principais regras de viver das famílias e dos indivíduos no interior dos países.

A antiga soberania nacional passou a ser um conceito absolutamente relativo, em face do autoritarismo da potência que comanda os cordéis da história contemporânea.

Por todas essas razões, parece-me que a pretensão imperialista exercida pelos Estados Unidos é o nome com que se pratica hoje o pecado capital da soberba.

É possível resistir? Penso que sim.

Não será a resistência da maioria, porque esta é anestesiada pelos aparelhos de controle social, especialmente pela televisão; será a resistência de uma minoria consciente e firme. E essa minoria tem um papel da maior magnitude a desempenhar.

Essa voz é da denúncia e do protesto, uma voz tão forte quanto a de Antígona, proclamando à face do déspota: "Não te é lícito."[13]

NOTAS

1. Primeiro Livro de Isaías, capítulo 14, versículos 13 e 14. Apud *Bíblia de Jerusalém*. São Paulo, Paulus, 2002, p. 1.276. Tradução do texto em língua portuguesa feita por um grupo de exegetas católicos e protestantes, diretamente dos originais em francês (*La Bible de Jérusalem*, publicada sob a direção da École Biblique de Jérusalem). A tradução do Livro de Isaías foi feita por Theodoro Henrique Maurer Júnior.
2. Primeira Epístola de São Pedro, capítulo 5, versículo 5. Apud *Bíblia de Jerusalém*. São Paulo, Paulus, 2002, p. 2.119. A tradução das Epístolas de Pedro foi feita por Theodoro Henrique Maurer Júnior.
3. Paulo Apóstolo. Primeira Epístola aos Coríntios. In: *Bíblia de Jerusalém*. Coordenadores: Gilberto da Silva Gorgulho, Ivo Storniolo e Ana Flora Anderson. Tradução da epístola citada: Estêvão Bettencourt. São Paulo, Paulus, 2002, p. 1.997.
4. Colhido na internet: http://www.mundodosfilosofos.com.br/agostinho.htm — acesso em novembro de 2005.
5. Apud Brunner-Traut, Emma (org.). *Os fundadores das grandes religiões*. Petrópolis, Vozes, 1999, passim.
6. Aquino, Tomás de. *De Malo* 9, 3, ad 1. Apud: Lauand, Jean. Trechos de estudo introdutório a traduções de Tomás de Aquino, originalmente publicado em: *Sobre o ensino (De Magistro) / Os sete pecados capitais*, São Paulo, Martins Fontes, 2001.
7. Lauand, Jean. Trechos de estudo introdutório a traduções de Tomás de Aquino, originalmente publicado em: *Sobre o ensino (De Magistro) / Os sete pecados capitais*, de Tomás de Aquino, São Paulo, Martins Fontes, 2001.
8. Aquino, Tomás de. *De Malo* 8, 2. Apud: Lauand, Jean. Trechos de estudo introdutório a traduções de Tomás de Aquino, originalmente publicado em: *Sobre o ensino (De Magistro) / Os sete pecados capitais*, São Paulo, Martins Fontes, 2001.
9. Nina, A. Della (organização e coordenação). *Dicionário enciclopédico da sabedoria*. São Paulo, Editora das Américas, s/data, vol. 8, p. 384 e seguintes.
10. Martínez, Tomás Eloy. *O vôo da rainha*. In: coleção Plenos Pecados, tradução de Sérgio Molina, Rio de Janeiro, Objetiva, 2002.

11. Obra citada, p. 169.
12. Queiroz, Rachel de. Os sete pecados capitais. In: *O Estado de S. Paulo*, edição de 3 de fevereiro de 2001.
13. Sófocles. *Antígona*. Versão do grego e notas de Maria Helena da Rocha Pereira Fialho. Brasília: EdUnB, 1997, passim.

CAPÍTULO 2

Ira — Guerra

A GUERRA e a corrida armamentista no lugar da IRA

O ódio de um povo contra o outro, a onda de violência saída das diferenças e injustiças sociais.

Entrevista do autor ao jornal A Gazeta, de Vitória.

Ira, cólera, ódio, raiva, rancor, fúria, indignação são nomes que designam o mesmo sentimento, ou são manifestações do mesmo sentimento. A ira é uma emoção destrutiva. Quem é acometido por ela tem o desejo de aniquilar, destruir, estraçalhar, anular ou até mesmo matar o destinatário do seu ódio.

A ira pode ter como objeto uma pessoa, uma família, um grupo humano, uma raça, os adeptos de uma religião ou um povo. É um sentimento individual, que explode no íntimo da pessoa que se encoleriza. Embora seja, a princípio, individual, pode contaminar outros e tornar-se coletiva.

Então, nos extremos de sua eclosão em cadeia, a ira coletiva (de um grupo ou mesmo de um povo) pode endereçar-se também a uma coletividade (grupo ou povo). Se essa coletividade odiada retribui o sentimento, também odiando, teremos então a trágica situação de grupos ou povos que se odeiam.

A ira é destrutiva para quem odeia. Em nível individual, compromete a saúde tanto do espírito quanto do corpo. O indivíduo que odeia é corroído pela ira que reside no íntimo de sua alma.

A ira coletiva é também destrutiva para a saúde física e mental das pessoas que se associam no sentimento raivoso. Pela intempestividade com que ocorre, a ira fica quase sempre fora do controle das pessoas que são atingidas por esse sentimento.

Com freqüência, quem é acometido pela ira perde de tal forma a razão que chega a extravasar sua fúria contra pessoas que não eram objeto da raiva, atraindo terceiros ao círculo de sua cólera.

Muitas vezes, o portador da ira, sem saber, está agredindo a si próprio.

Na minha vida de juiz de Direito, trabalhei com inúmeros casos que tiveram no sentimento da ira sua motivação. No juízo criminal, a ira sempre esteve presente nos homicídios e lesões corporais que freqüentaram minha jurisdição, salvo hipóteses de legítima defesa ou situações semelhantes. Também creio que sempre houve um laivo de ira nos processos que julguei relacionados com os crimes de maus-tratos, calúnia, difamação, injúria, ameaça, roubo, estupro.

Em contraposição à ira viciosa existe a "ira santa". A ira santa é a indignação diante da injustiça, da opressão, da prevalência do mal. Referiu-se Rui Barbosa à ira santa, em passagem antológica:

> Nem toda ira (...) é maldade; porque a ira, se, as mais das vezes, rebenta agressiva e daninha, muitas outras, oportuna e necessária, constitui o específico da cura. Ora deriva da tentação infernal, ora de inspiração religiosa. Comumente se acende em sentimentos desumanos e paixões cruéis; mas não raro flameja do amor santo e da verdadeira caridade. Quando um braveja contra o bem, que não entende, ou que o contraria, é ódio iroso, ou ira odienta. Quando verbera o escândalo, a brutalidade, ou o orgulho, não é agrestia rude, mas exaltação virtuosa; não é soberba, que explode, mas indignação que ilumina; não é raiva desaçaimada, mas correção fraterna. Então, não somente não peca o que se irar, mas pecará não se irando. Cólera será; mas cólera da mansuetude, cólera da justiça, cólera que reflete a de Deus, face também celeste do amor, da misericórdia e da santidade. (...)
> Ei-la aí a cólera santa! Eis a ira divina![1]

Também o padre Manuel Bernardes tem, na mesma linha, esta lição sobre ira santa e ira viciosa:

> Bem pode haver ira, sem haver pecado:
> *Irascimini, et nolite peccare.* E às vezes poderá haver pecado, se não houver ira: porquanto a paciência, e silêncio, fomenta a negligência dos maus, e tenta a perseverança dos bons. (...) Nem o irar-se nestes termos é contra a mansidão: porque esta virtude compreende dois atos: um é reprimir a ira, quando é desordenada: outro excitá-la, quando convém. A ira se compara ao cão, que ao ladrão ladra, ao senhor festeja, ao hóspede nem festeja, nem ladra: e sempre faz o seu ofício.[2]

Na *Apologia a Sócrates*, Platão diz que, quando se irava, Sócrates falava menos e com mais doçura. Via-se que estava enfurecido; mas via-se também que tratava de dominar sua paixão.[3]

Robert A. F. Thurman considera a ira o mais prejudicial dos pecados capitais, pois segundo ele pode levar o ser humano a cometer as maiores atrocidades. Esse autor observa, entretanto, que a ira pode ser transformada em sabedoria e atuar em benefício da pessoa, desde que seja bem trabalhada.[4]

Na coleção Plenos Pecados, sobre os pecados capitais, coube a José Roberto Torero o livro sobre a ira, que ele intitulou *Xadrez, truco e outras guerras*.[5]

Inspirado na Guerra do Paraguai, o romance começa com a decisão do rei de jogar o truco, em vez do xadrez:

> — Xadrez é um jogo para damas!
> — Protesto, Majestade, é o jogo em que mais se aguça o raciocínio.
> — E para que aguçar o raciocínio?
> — Para vencer na vida.
> — Para isso não é necessário raciocínio, mas esperteza, dissimulação e sorte, como no truco.[6]

Enquanto o rei se diverte com jogos de tabuleiro, seu exército avança e avança também a história construída com fina ironia e inteligente sarcasmo.

Ao escolher a guerra como expressão maior da ira, a ficção de José Roberto Torero coincide com a visão que estamos exprimindo neste livro, ao apontá-la como a manifestação contemporânea desse pecado.

Ao longo do tempo, a reflexão de pensadores e escritores debruçou-se sobre a ira:

> Tratemos de ser sempre frios. Com o calor, fazemos dos inferiores superiores. (Ralph Waldo Emerson)
>
> A ira da mulher não tem limite. (Miguel de Cervantes)[7]
>
> O varão forte é aquele que sabe dominar-se na hora da ira. (Maomé)
>
> A ira que se desafoga pela boca não se desafoga pelas mãos. (Francisco de Quevedo)
>
> Dentre todas as paixões, a ira é a mais forte, a que mais espanta e a que pior se condiz com o homem, cuja natureza ela transforma em horrenda fera. (Juan Luís Vives)
>
> O despeito é uma ira que não tem meio de mostrar-se, um furor impotente que sabe que é impotente. (H. F. Amiel)
>
> Nem sempre erra quem se zanga: o covarde nunca se encoleriza. (N. Tommaseo)
>
> São sempre mais sinceras as coisas que proferimos quando o espírito está irado do que quando está calmo. (Cícero)
>
> Os efeitos da ira se assemelham à queda de uma casa que, ao chocar-se com outra, a si própria destrói. (Sêneca)
>
> Quem vence a ira, vence o maior dos inimigos. (Publílio Siro)
>
> Cala-te sempre que sentires dentro de ti o referver da indignação. E isto, ainda que estejas justificadamente irado. Porque, apesar da tua discrição, nesses instantes sempre dizes mais do que querias. (José Maria Escrivá)
>
> Ira chamou à boa razão fraqueza. (Antônio Ferreira)

Jean Lauand chama a atenção para a ambivalência da ira:

> A consciência comum cristã costuma, sempre que se fala de ira, ter em mente apenas o aspecto da intemperança, o elemento desordenador e negativo. Mas tanto

como "os sentidos", e a "concupiscência", a ira pertence às máximas potencialidades da natureza humana. Essa força, isto é, irar-se, é a expressão mais clara da energia da natureza humana.[8]

Vimos até aqui como autores e pensadores os mais diversos perceberam, compreenderam e desenharam a ira. O que é a ira hoje? Mantém sem dúvida, os contornos que apresentou no decurso da história, porque, afinal de contas, a natureza humana, na sua essência, permanece igual. Mas qual a maior manifestação da ira nos tempos atuais?

Serão a guerra e a corrida armamentista a máscara da velha ira?

Acredito que sim, e é esta a tese que nos propomos provar neste capítulo.

Se a ira é fundamentalmente destrutiva, se é sede de aniquilamento e morte, existe possibilidade maior de expressão da ira do que a guerra?

Pode a mente humana conceber mais alto teor de insânia e devastação do que no ódio que se manifesta nas guerras da atualidade?

Pousemos nossos olhos sobre as guerras modernas. Meditemos sobre o poder destrutivo das armas bélicas atuais. Reflitamos sobre a guerra química, sobre o bombardeio de populações civis, sobre os crimes de guerra pelos quais nunca são responsáveis os vencedores, porque, na prática, só os vencidos praticam crimes de guerra. Deixemos passar, de relance, em nosso espírito, em tempos recentes de guerra, os atos de tortura praticados contra o inimigo, as cenas de total e absoluto desrespeito aos prisioneiros de guerra, inclusive sórdidos abusos sexuais contra pessoas indefesas. Esses horrores não foram obra de macabra ficção, e sim realidade, flagrada pela imprensa escrita e pela televisão. Devido ao progresso dos meios de comunicação, as atrocidades passam hoje ao conhecimento da opinião pública mundial.

Toda guerra depende de propaganda. É a propaganda que alimenta a guerra. A propaganda transforma em causa nobre a mais ignóbil das guerras.

A propaganda da guerra é feita com tal habilidade técnica que, mesmo em países onde existe liberdade de crítica, a opinião pública é anestesiada. O "inimigo" é pintado com tais cores de crueldade que a guerra assume aspectos de guerra santa — Deus contra o demônio. Nessa "guerra santa" há desculpas ou, pelo menos, tolerância para com a tortura, o bombardeio de alvos civis e outros atos ignominiosos. E até o abuso sexual, com cores de perversidade, perde a conotação de brutalidade revoltante, porque, afinal de contas, as vítimas dos atos degradantes estão no rol dos "inimigos do Bem".

À cultura da guerra é preciso que se oponha a cultura da paz.

Como diz Rita de Cássia Dias Pereira de Jesus, a cultura da paz

> está intimamente associada aos ideais da democracia, da participação universal em prerrogativas e deveres, bem como na tomada de decisões coletivas. (...) Cada grupo humano constituído tem sua própria cultura e formas de preservar, promover e difundir a paz e todos devem se beneficiar pelo contato com essas diferentes formas de ver e agir.[9]

Convivi, na infância, com meu avô materno. Ele tornou-se, na velhice, um defensor da paz. Publicou dois livros sobre o tema: *O sol do pacifismo* e *A civilização e sua soberania*.

Ele escrevia os originais usando uma belíssima caneta de pena. Molhava-a num velho tinteiro do qual também tinha muito ciúme. Depois que redigia o texto, meu avô pedia que eu o datilografasse numa Remington, velha máquina manual, bem anterior às máquinas elétricas. Para os jovens, que nasceram sob a égide do computador e que estejam lendo este livro, parecerá que estou me referindo a fatos da pré-história. Mas não... tudo aconteceu como estou contando.

Sempre fui bom aluno de português. Às vezes percebia "cochilos" nos originais do meu avô: falta de uma vírgula aqui, descuido numa regência ali, distração numa concordância. Mas quando um neto, naquele tempo, ia corrigir um avô? Eu reproduzia, na máquina de escrever, exatamente o que estava escrito no original.

Quando meu avô via o texto bonitinho, escrito à máquina, descobria os erros que lhe tinham passado despercebidos na redação manual. E, com a maior naturalidade, sem jamais supor que a falha pudesse ter sido dele, chamava-me aos brios: "João, meu neto. Você errou isso aqui. É preciso que bata tudo de novo."

Diferentemente do que posso fazer hoje no computador — intercalar frases, corrigir erros —, naquele tempo o jeito era datilografar tudo de novo, evidentemente sem reclamar. Este avô é uma das mais belas lembranças do meu tempo de criança.

Creio que nossa convivência, as leituras que fiz para ele, os livros e escritos esparsos que datilografei a seu pedido fizeram de mim o que sempre fui: um apaixonado pacifista.

O sentido de paz não se esgota na ausência de guerra. A paz deve ser alimentada por valores positivos, que suplantam a simples ausência de guerra.

Há toda uma ideologia da guerra, representada por muitos nomes, ao longo da história: Hsu Hsing e Han Fei, na antiga China; Heráclito, Trasímaco e Górgias, na cultura grega clássica; Pierre Dubois, na Idade Média; Maquiavel, Hobbes, De Maistre, Von Clausewitz, Von Steinmetz, Gumplowicz, Nietzsche, na Idade Moderna. Sob a perspectiva desses pensadores, ou se vê a guerra como fenômeno social inerente ao homem, integrante do curso histórico, ou se vê mesmo na guerra a força construtiva do progresso e da civilização. A guerra seria o preço pago pela humanidade por seu próprio desenvolvimento.

Em contraposição aos defensores da guerra, também há todo um sistema de pensamento de crença na paz: Confúcio e Mêncio, na mais antiga cultura chinesa; Jeremias e Isaías, na tradição hebraica; Hípias de Élis, na velha Grécia; Voltaire, Rousseau, Kant, Bentham, Tolstoi, na época moderna; Gandhi, Bertrand Russell, Karl Jaspers, Jean Paul Sartre, Albert Camus, na história contemporânea; Dom Hélder Câmara e Herbert de Souza (Betinho), em tempos recentes de Brasil. Todos esses pensadores e personalidades são representantes da ideologia pacifista.

É certo que a guerra, incentivando a pesquisa intensa e rápida, apelando para o sacrifício que o patriotismo impõe, produz invenções, progresso científico e benefícios que se projetam para além dela, nas épocas de paz. Mas a guerra também destrói não só vidas, como também cultura, o produto do trabalho, da sensibilidade, da criatividade de muitas gerações. E a guerra deixa sulcos de ódios, ressentimentos que se arrastam pelo tempo, criando tensões que se perpetuam.

A paz é obra da justiça. Uma paz autêntica reclama luta, espírito criativo, conquista permanente. É expressão de uma real fraternidade entre os homens.[10]

Há de se criar, no mundo, uma mística de paz que leve o gênero humano à meta do desenvolvimento, pela cooperação, da mesma forma que a mística da guerra leva ao desenvolvimento pela competição. Mística de paz que não destruirá vidas, monumentos, trabalho e cultura, nem produzirá ódios e mágoas. Há que se eliminarem as barreiras e as desconfianças entre homens de nacionalidades, raças e culturas diferentes. Há que se minar — pelo diálogo, pela abertura das fronteiras, pela correspondência internacional, pela internet, pelo intercâmbio universitário, pela circulação de livros e idéias, por congressos internacionais, pelo turismo, pela franquia da casa e da mesa ao estrangeiro, tudo isso sem qualquer espécie de discriminação — toda essa gama de preconceitos que pretendem erguer como valores universais aqueles que são apenas fruto de uma cultura nacional. Há que se promover o aperto de mãos, em todas as direções e latitudes, suprimindo-se medidas que visem a ilhar culturas e regimes, conduta discriminatória e injusta da qual o mais flagrante exemplo encontra-se no isolamento político e econômico a que o regime e o povo de Cuba foram condenados.[11]

Cultivemos também a compaixão, e não a guerra, pois a compaixão, como bem disse Hille Haker, é "parte constitutiva de uma *política da paz*, que ao lado do próprio sofrimento deixa espaço também para o sofrimento do outro, o comparsa de conflito, percebe-o e o integra na lembrança histórica".[12]

NOTAS

1. Barbosa, Rui. *Oração aos moços*. Prefácio e breves notas explicativas por Carlos Henrique da Rocha Lima. Rio de Janeiro, Fundação Casa de Rui Barbosa, 1949, passim.
2. Padre Manuel Bernardes, citado por Rui Barbosa, na obra referida.
3. Platão. *Apologia a Sócrates*. Tradução de Maria Lacerda de Moura. Acessado pela internet em novembro de 2005, no seguinte endereço: http://www.consciencia.org/antiga/plaapolo.shtml.
4. Thurman, Robert A. *Ira*. In: coleção Sete Pecados Capitais, tradução de Cordelia Magalhães, São Paulo, Editora Arx, 2005, passim.
5. Torero, José Roberto. *Xadrez, truco e outras guerras*. In: coleção Plenos Pecados, Rio de Janeiro, Objetiva, 1998.

6. Idem, p. 9 e 10.
7. Apud: Nina, A. Della (organização e coordenação). *Dicionário enciclopédico da sabedoria*. São Paulo, Editora das Américas, s/data, vol. VIII, p. 273.
8. Lauand, Jean. Trechos de estudo introdutório a traduções de Tomás de Aquino, originalmente publicado em: *Sobre o ensino (De Magistro) / Os sete pecados capitais*. São Paulo, Martins Fontes, 2001.
9. Jesus, Rita de Cássia Dias Pereira de. O respeito às diferenças: um caminho rumo à paz. In: *Cultura de Paz — Estratégias, mapas e bússolas*. Feizi Masrour Milani & Rita de Cássia Dias P. Jesus, organizadores. Salvador, Edições Inpaz, 2003, p. 190 e 191.
10. Conselho Episcopal Latino-Ameicano. *A Igreja na atual transformação da América Latina à luz do Concílio*. Petrópolis, Vozes, 1977, p. 59 e segs.
11. A respeito da paz, ver em nosso livro *Ética para um mundo melhor* o capítulo 7 — "Paz fundada nos direitos humanos: himperativo ético", p. 95 e seguintes. Esse livro foi publicado por Thex Editora, Rio de Janeiro, 2002.
12. Haker, Hille. "Compaixão" como um programa universal da cristandade? Tradução de Ênio Paulo Giachini. In: *Em busca de valores universais*. Karl-Josef Kuschel & Dietmar Mieth, organizadores. Concilium — Revista Internacional de Teologia. 292 — 2001/4, p. 61 e 62.

CAPÍTULO 3

Inveja — Complexo de inferioridade

O COMPLEXO DE INFERIORIDADE no lugar da INVEJA

O estabelecimento de padrões de beleza, virtude e saber inoculam o sentimento de inferioridade naqueles que não se ajustam aos padrões decretados. O diferente deve ser destruído. Há o desejo de uniformização. Nesse processo, o autêntico sofre.

Trecho da entrevista do autor ao jornal A Gazeta de Vitória.

"O despeito mata o insensato, e a inveja causa a morte do imbecil." Este ensinamento está no Livro de Jó, capítulo 5, versículo 2.[1]

No Êxodo está escrito: "Não cobice a casa do seu próximo, nem a mulher do próximo (...), nem coisa alguma que pertença ao seu próximo."[2]

O apóstolo Paulo ensina, na sua Carta aos Gálatas: "Não sejamos ambiciosos de glória, provocando-nos mutuamente e tendo inveja uns dos outros."[3]

O Salmo 36 admoesta para que não se inveje aquele que prospera em suas empresas.[4]

Ainda a Bíblia nos relata que, por inveja, Caim matou seu irmão Abel; por cobiça e inveja, os irmãos de José venderam-no como escravo, no Egito; Lúcifer, invejando o próprio Deus e querendo ser igual a Ele, foi expulso do Paraíso.[5]

Adalberto Targino diz que a inveja,

> semanticamente, é o sentimento de desgosto, pesar ou tristeza pelo bem dos outros. É o desejo violento de possuir o bem, a alegria ou felicidade alheia, mesmo que o invejoso os possua igualmente. A sua mente, insensível e pervertida, deturpa tudo e destila o veneno do ressentimento, mágoa e dor profunda.[6]

E arremata, acertadamente, com olhos postos em nossa sociedade e nos tempos atuais: "Numa sociedade competitiva como a nossa, sobretudo exibicionista, patrimonialista, individualista e até cruel, o invejoso encontra campo fértil ao desenvolvimento de sua alma amargurada e insatisfeita."[7]

Maomé coloca como antídoto da inveja o regozijo com a felicidade alheia, dizendo que o crente se alegra com a ventura do próximo, enquanto o impostor a inveja.[8]

Na mesma linha, coloca-se Soninha Francine, num depoimento pessoal:

> Já sofri tanto com inveja... Dos peitos certinhos das minhas amigas, de casas lindas e viagens incríveis. Mas pelo menos agora sei o antídoto: o regozijo. Alegrar-se com a alegria do outro. Eu agora tento. Como exercício consciente, até que vire reação natural.[9]

Cervantes sublinha que a inveja não se detém ante nada nem ninguém: "Não há amizades, parentescos, qualidades nem grandezas que possam enfrentar o rigor da inveja."[10]

Kant considera que a inveja é prejudicial à própria pessoa que a cultiva, porque a impede de "ver suas qualidades, ofuscadas pelas qualidades dos outros".[11]

A inveja produz ódio e destruição. Aquele que inveja tende a negar o valor do outro. Em rebate, acaba por consumir-se na fúria de invejar e vai negar o próprio valor.

Uma das manifestações da inveja é a cobiça.

Como outros pecados capitais, é possível que haja uma espécie de "sublimação" da inveja. Esse sentimento, em princípio altamente negativo, pode ser transformado em impulso para não querer o que o outro tem, mas para acreditar que se é capaz de conseguir aquilo que o outro conseguiu. Na velha pedagogia religiosa de minha infância, suponho que era esta "inveja santa" (à semelhança da *ira santa*) que alimentava a narração da vida dos santos.

Numa crônica que teve como tema os pecados capitais de seu tempo de ginasiana, Rachel de Queiroz nos fala da inveja.

> Inveja: disso entendíamos; era pecado peculiar. Quem o sentia não confessava, quem era objeto dele precisava ser muito tola, ou mesmo burra, para o confessar. Sim, entendíamos. Sabíamos quem tinha inveja de quem e dos motivos do pecado.

> As ricas não nos seduziam muito. O objeto da nossa inveja eram as bonitas, de pele lisa (vivíamos no período das espinhas no rosto) e, pois, pele boa era motivo de inveja. Pode-se dizer, pois, que a inveja é o mal dos jovens. Os jovens vivem em estado de carência. Esperam por tudo, digamos que vivem no futuro. Sua inveja não é malévola, é antes o ardente desejo de participar.[12]

Diversamente de nossa Rachel de Queiroz, que via na beleza da pele da outra o objeto de inveja das moças, H. Thom identificou nos adornos o estopim da inveja feminina: "Muito mais doce que a admiração dos homens é, para a mulher elegante, o sentimento de fazer arrebentar de inveja outra, por um objeto qualquer que a adorna."[13]

O teólogo Ezoil Benites diz que a inveja é um complexo de inferioridade originado pelo fato de alguém não ter aquilo que gostaria de ter: "Não possuir algo que outro possui pode desenvolver um sentimento de decepção no coração da pessoa e isso pode se transformar em inveja."[14]

Marcos Castanheira acha que a inveja é uma doença do psiquismo: "Filha frustrada do desejo não realizado, a inveja se manifesta quando a pessoa vê a outra gozando de realizações que ela queria que fossem dela."[15]

A propósito da inveja, diz Taiz Zeidan:

> A inveja só é considerada patológica quando a pessoa ultrapassa os limites e pensa que destruindo o outro terá sucesso. Ela move o mundo. Explica a violência, angústia e depressão, mas pode ser positiva quando usada para crescer e estimular o conhecimento, vontade de saber, aprender e aprimorar.[16]

A mesma Taiz Zeidan nos apresenta uma pesquisa da Agência Toledo & Associados, segundo a qual, entre os sete pecados capitais, a inveja é o mais conhecido dos brasileiros. Enquanto 45% dos 407 entrevistados não se lembravam dos pecados capitais, todos conheciam a inveja e suas conseqüências. A pesquisa mostrou ainda que, no Brasil, a cultura popular liga inveja e magia, levando à crença no poder do mau-olhado.[17]

Atento a essa crença, escreveu Zuenir Ventura que a inveja é "uma velha dama indigna, de má reputação e péssimo caráter, sorrateira, capaz de, com um simples olhar, murchar plantas e secar pimenteiras".[18]

Na coleção Plenos Pecados, da Editora Objetiva, coube a Zuenir Ventura tratar da inveja. Deu ao livro, significativamente, o título de *Mal secreto*, pois a inveja é "um sentimento que não mostra a cara e não diz o nome", "um dos mais antigos pecados da humanidade, certamente o mais inconfessável".[19]

Disse Friedrich Herbel que "a inveja poderá ferir o que possuímos, mas não o que somos". Para Arthur Schopenhauer, "não há ódio mais implacável que o da inveja. A inveja dos homens revela como se sentem infelizes, e a sua constante ocupação com o que fazem ou não fazem os outros, todo o tédio que lhes corrói a alma".

Diego de Saavedra Fajardo observa que "a inveja persegue com maior força quem começa a cair; e, como filha de espíritos covardes, teme sempre que ele possa voltar a pôr-se de pé".

José Ingenieros afirma: "O motivo da inveja confunde-se com o da admiração, sendo ambas dois aspectos de um mesmo fenômeno. Mas a admiração nasce no forte, e a inveja, no subalterno. Invejar é uma forma aberrante de prestar homenagem à superioridade."

Molière sentenciou: "Neste mundo, a virtude será sempre perseguida. Os invejosos morrem, mas não morre a inveja."

Lord Byron e Camilo Castelo Branco diagnosticam os sintomas deste pecado capital:

> A inveja retorce-se; não ri. (Lord Byron)
> De quantas paixões nasceram no coração do homem a mais cruel é a inveja, por ser a única em que não há senão amargura sem doçura, sendo certo que todas as outras são misturadas de penas e prazeres. (Camilo Castelo Branco)[20]

Joseph Epstein diz que é da essência da inveja sua clandestinidade. "A inveja é, acima de tudo, uma emoção oculta — tão oculta que, com freqüência, sequer temos consciência de que ela está, como costuma acontecer, por trás de nossa conduta."[21] Esse autor vê efeitos deletérios na inveja: tolda o pensamento, aniquila a generosidade, impede a serenidade e murcha o coração.[22] Segundo ele, em *Otelo*, de Shakespeare, a inveja de Iago sobrepuja o ciúme de Otelo.[23]

Para Joseph Epstein, a inveja, que é o pecado capital mais difundido, impregna os outros pecados, pois que a cobiça pode começar pela inveja, que figura na luxúria e na gula. Faz parte da ira, aquela mais oculta e ardente, a soberba e a inveja são inseparáveis. O orgulho próprio ferido leva à inveja "com a mesma certeza com que a derrota leva ao despeito".[24]

Sören Kierkegaard observou que a inveja grassa mais nas cidades pequenas.[25]

Não é boa a reputação da inveja. A inveja acidental, episódica, é até aceita e perdoada pelo senso comum. Já o invejoso contumaz é visto como portador de um distúrbio da personalidade. É colocado sob suspeição e é temido porque se vê nele permanente potencial para caluniar as pessoas, atribuindo a elas procedimentos e vícios horripilantes. O invejoso trai o melhor amigo sob o manto da hipocrisia. Destrói sem escrúpulo reputações e não recua nem mesmo diante do crime e das piores baixezas.

Atribui-se ao indivíduo visceralmente invejoso um caráter fundamentalmente mesquinho. Enredado nesse vício capital, ele já nem precisa de motivo para invejar. Passa a invejar por hábito. Há muito de inveja no falatório, na fofoca, no ato de espalhar conceitos negativos contra as pessoas. Invariavelmente, são alvo do disse-me-disse as pessoas invejáveis. Os medíocres estão a salvo da boataria, que, de tão repetida, assume laivos de verdade.

Santo Tomás de Aquino apontou a fofoca como filha da inveja. Deu a ela o nome de *sussuratio* (murmuração).[26]

A história e a literatura são ricas no registro dos grandes invejosos: Brutus, por inveja, apunhalou Júlio César, seu pai adotivo, provocando-lhe a apóstrofe imortal: "Até tu, Brutus?" A traição de Brutus gerou o substantivo comum "bruto", que significa justamente o insensível, o perverso, o incapaz de amar.

Calígula, imperador romano, por inveja da inteligência de Sêneca (Lucius Annaeus Sêneca), pretendeu matá-lo. O filósofo foi salvo em razão de sua frágil saúde. Supôs o imperador invejoso que Sêneca logo morreria de morte natural, no que se equivocou, pois o filósofo sobreviveu ao déspota.

Por inveja, Policrates, o tirano de Samos, fez com que o filósofo Pitágoras fosse exilado. O tirano somente é mencionado, numa brevíssima nota histórica, porque perseguiu Pitágoras. Já Pitágoras, o fundador da Escola Pitagórica, até hoje influencia o pensamento filosófico no mundo. Segundo o pitagorismo, o princípio essencial de que são compostas todas as coisas é o *número*, são as relações matemáticas.

Ainda que a intuição de Pitágoras tenha sido depois contestada, em sua tentativa de explicar, por meio da verdade numérica, a globalidade dos fenômenos físicos e humanos, sua reflexão tocou em sutis atalhos para a compreensão do conhecimento.

Não sei como andam os estudos de matemática, mas nos meus tempos de ginásio estivemos envolvidos com o teorema de Pitágoras, que se enuncia assim: "Em um triângulo retângulo o quadrado da hipotenusa é igual à soma dos quadrados dos catetos."

Como não segui uma carreira ligada a cálculos (como meu irmão Pedro, professor de Matemática e depois engenheiro), optando pelo campo das ciências humanas, pelo Direito, só agora, escrevendo este livro, é que relembro não apenas o teorema de Pitágoras, mas também os belos tempos de ginásio em Cachoeiro de Itapemirim.

Ainda por inveja, o senador romano Catilina tentou assassinar Marco Túlio Cícero, seu adversário, que o combatia na tribuna do Senado. Os discursos de Cícero contra Catilina foram reunidos numa obra clássica: *As Catilinárias*.

Vejam a elegância de linguagem dos primeiros períodos da mais célebre oração de Cícero, que transcrevemos a seguir. Observem que uma expressão de Cícero, presente na transcrição, ficou imortal: "Oh, tempos, oh, costumes", querendo traduzir o espanto diante de algo terrível que não acontecia em tempos anteriores.

> Até quando, ó Catilina, abusarás da nossa paciência? Por quanto tempo ainda há de zombar de nós essa tua loucura? A que extremos se há de precipitar a tua audácia sem freio? Nem a guarda do Palatino, nem a ronda noturna da cidade, nem os temores do povo, nem a afluência de todos os homens de bem, nem este local tão bem protegido para a reunião do Senado, nem o olhar e o aspecto destes senadores, nada disto conseguiu perturbar-te? Não sentes que os teus planos estão à vista de todos?

> Não vês que a tua conspiração a têm já dominada todos estes que a conhecem? Quem, dentre nós, pensas tu que ignora o que fizeste na noite passada e na precedente, em que local estiveste, a quem convocaste, que deliberações foram as tuas?
>
> Oh, tempos, oh, costumes! O Senado tem conhecimento destes fatos, o cônsul tem-nos diante dos olhos; todavia, este homem continua vivo! Vivo?! Mais ainda, até no Senado ele aparece, toma parte no conselho de Estado, aponta-nos e marca-nos, com o olhar, um a um, para a chacina.[27]

Hoje, não se estuda mais latim. Nos meus tempos de jovem, o aprendizado do idioma era obrigatório e, no vestibular para a Faculdade de Direito, tínhamos de conhecer, traduzir e fazer a análise sintática das *Catilinárias*.

Um dos meus examinadores, na prova oral, pediu que eu fizesse a análise sintática deste período: "*Senatus haec intellegit, consul videt; hic tamen vivit. Vivit? Immo vero etiam in senatum venit, fit publici consilii particeps, notat et designat oculis ad caedem unum quemque nostrum.*" Modéstia à parte — pois que não se deve mentir —, acertei.

No exercício da magistratura, identifiquei muitas vezes, claramente, que a inveja tivera sido a semente de crimes (calúnia, difamação, injúria, homicídio) e também a motivação de litígios cíveis em torno de bens materiais e morais de diversas naturezas. Curiosamente, os agentes envolvidos nunca eram capazes de perceber a própria inveja, que aparecia evidente, entretanto, aos olhos do observador neutro (no caso, o juiz).

Mas voltemos à nossa tese, que este é o desafio que nos foi proposto: será o complexo de inferioridade — gerado por padrões decretados de beleza, virtude, felicidade — a nova forma em que se apresenta a inveja?

Será essa inferioridade, que publicidade, hábitos, exemplos inculcam na alma coletiva, a expressão contemporânea da inveja?

O sociólogo Robert Merton estudou o descompasso, nos Estados Unidos, entre as metas culturais propostas à comunidade e os meios institucionalizados para alcançar essas metas.[28] Na realidade brasileira, esse descompasso é ainda mais gritante.

Metas culturais são o bem-estar, o consumo supérfluo que a televisão e outros meios de controle social propõem ao povo como necessidade ou senha para a felicidade.

Meio institucionalizado para alcançar as metas culturais é o salário, quase sempre muito baixo, da grande maioria dos trabalhadores, ou o biscate, única forma de a multidão que se encontra no mercado informal de trabalho obter algum dinheiro.

Há, pois, um abismo entre as metas culturais e os meios institucionalizados para a sua realização. Massacrados pela publicidade, alguns cedem à tentação e furtam. Outros resistem, mas se julgam infelizes e invejam aqueles que a sociedade capitalista aponta como bem-sucedidos.

Para iludir o povo, multiplicam-se loterias de todo tipo, que garantem o enriquecimento pela sorte. Monta-se também, com a mesma finalidade de enganar, uma indústria da fé, através da qual se promete ao pobre o acesso à riqueza. Mas essas artimanhas não são suficientes para eliminar as frustrações. Na sociedade materialista, da qual se baniram a solidariedade e os autênticos valores humanos, permanece o vazio.

Todo ensino bíblico condena a inveja. Mas todo ensino bíblico ensina a fraternidade e a partilha.

Ninguém invejaria São Francisco de Assis. Antes que o nu lhe pedisse a veste, ou lhe invejasse a veste, o santo se despojaria dela para cobrir o desnudo.

Numa sociedade de amor, jamais vicejará a inveja.

O mundo alcançou padrões altíssimos de ciência e tecnologia. O grande problema de hoje não é produzir mais, porém produzir seletivamente e distribuir melhor o produto do engenho humano. Produzir seletivamente, produzir para a alegria da humanidade, produzir para a paz e não para a guerra.

Distribuir melhor a riqueza, em nível mundial, reduzindo a profunda diferença entre países ricos e pobres. É preciso que se estabeleçam padrões de justiça nas relações de comércio internacional, no lugar da pilhagem que hoje vigora.

Distribuir melhor a riqueza, no nível interno das nações, inclusive no Brasil. De que vale poucos terem tanto se esses que têm muito não podem desfrutar de sono tranqüilo, com medo dos famintos? Como disse Adalberto Targino, citado no início deste capítulo, uma sociedade exibicionista, patrimonialista, individualista e cruel fomenta a inveja.

Decerto será difícil, ou mesmo impossível, eliminar de todo a inveja dos costumes sociais, como disseram tantos autores citados neste capítulo. Podemos, entretanto, construir um tipo de sociedade que desfavoreça a inveja e estimule a fraternidade, seu corretivo natural e espontâneo.

Para isso será preciso que levemos avante uma grande revolução cultural. Uma revolução que se operará no interior do tecido social e também no interior de nossas almas.

NOTAS

1. *Bíblia Sagrada*. Edição Pastoral. Tradução, introdução e notas: Ivo Storniolo e Euclides Martins Balancin. São Paulo, Paulus, 1990, p. 643.
2. Livro do Êxodo, capítulo 20, versículo 17. Ver: *Bíblia Sagrada*. Edição Pastoral citada, p. 92.
3. Paulo. Carta aos Gálatas, capítulo 5, versículo 26. Ver: *Bíblia Sagrada*. Edição Pastoral, p. 1.499.
4. Livro do Êxodo, capítulo 20, versículo 17. Ver: *Bíblia Sagrada*. Edição Pastoral.
5. Livro do Êxodo, capítulo 20, versículo 17. Ver: *Bíblia Sagrada*. Edição Pastoral. Conferir as diversas passagens.
6. Targino, Adalberto. O invejoso. In: *Tribuna do Norte*, de Natal, edição de 5 de dezembro de 2005.
7. Idem, ibidem.
8. Apud Brunner-Traut, Emma (org.) *Os fundadores das grandes religiões*. Petrópolis, Vozes, 1999, passim.
9. Francine, Soninha. Inveja tem antídoto. In: *Vida Simples*, edição 35, São Paulo, dezembro de 2005.
10. Nina, A. Della (organização e coordenação). *Dicionário enciclopédico da sabedoria*. São Paulo, Editora das Américas, s/data, vol. III, p. 389.
11. Apud Epstein, Joseph. *Inveja*. In: coleção Sete Pecados Capitais, São Paulo, Arx, 2004, p. 21.
12. Queiroz, Rachel de Os sete pecados capitais. In: *O Estado de S. Paulo*, edição de 3 de fevereiro de 2001.
13. Nina, A. Della (organização e coordenação). *Dicionário enciclopédico da sabedoria*. São Paulo, Editora das Américas, s/data, vol. III, p. 388.
14. Apud: Kohler, Erica. Os sete pecados capitais. In: *Revista Paradoxo*, edição virtual de 26 de junho de 2005.
15. Apud: Zeidan, Taiz. "Comportamento — Que pecado você cometeu hoje?" Acesso na internet em outubro de 2005, pesquisando "pecados capitais" através do Google.

16. Zeidan, Taiz. "Comportamento — Que pecado você cometeu hoje?" Mesma fonte da nota anterior.
17. Idem, ibidem.
18. Ventura, Zuenir. *Mal secreto*. In: coleção Plenos Pecados, Rio de Janeiro, Editora Objetiva, 1998, p. 21.
19. Id., ib., p. 21 e 22.
20. Nina, A. Della (organização e coordenação). *Dicionário enciclopédico da sabedoria*. São Paulo, Editora das Américas, s/data, vol. III, p. 388 e seguintes.
21. Epstein, Joseph. *Inveja*. In: coleção Sete Pecados Capitais, São Paulo, Editora Arx, 2004, p. 19.
22. Id. ib.
23. Id., ib.
24. Epstein, Joseph, citado, p. 17.
25. Apud Epstein, Joseph, citado, p. 20.
26. Aquino, Tomás de. *Cuestiones disputadas sobre el mal*. Pamplona, Eunsa, 1997.
27. Cícero. *As Catilinárias*. Tradução de Sebastião Tavares de Pinho. Lisboa, Edições 70, 1989.
28. Merton, Robert. *Sociologia*. São Paulo, Mestre Jou, 1968, passim.

CAPÍTULO 4

Avareza — Materialismo

O MATERIALISMO no lugar da AVAREZA

O "ter" substitui o "ser". O importante não é você ser uma pessoa honesta e ética. Você tem que ter o carro do ano, o maior imóvel do condomínio fechado, o maior cargo numa empresa.

Entrevista do autor ao jornal A Gazeta, *de Vitória.*

A avareza, numa primeira abordagem, pode ser definida como o apego excessivo ao dinheiro. O avaro é, classicamente, quem põe todo o seu coração nos bens materiais. Parece que, na personalidade do avarento, a fixação no *vil metal* está também ligada a um mórbido medo de falta ou de escassez dos tesouros em que coloca sua alma.

Já citamos Rosemeire Zago ao dizer que todos os pecados capitais têm em comum a satisfação no mundo externo.[1] Outra passagem da autora, que tem pertinência com a idéia de avareza, complementa seu pensamento:

> À medida que os homens tomarem consciência do valor do seu próprio mundo interno, poderão deixar a doentia preocupação com as aparências, a frustração crônica causada pela busca incessante da fama, do poder e da riqueza, ou seja, das promessas do mundo externo e superficial, e perceberem o quanto se torna importante aproximarem-se de sua essência.[2]

Taiz Zeidan diz que a avareza tem relação direta com a ambição desmedida pelo poder e também com o orgulho exagerado. Para combater a avareza, ela propõe que desenvolvamos a humildade e ainda a consciência do próprio valor como pessoa, independentemente de posição social.[3]

Rachel de Queiroz, aguda observadora do homem e da vida em suas crônicas, diz que a avareza é um pecado odioso para todo mundo. Mas, de maneira especial, para o sertanejo, que é por natureza um pródigo. "Avareza é, para nós de lá, o vício mais repugnante."[4]

A escritora tem razão sobre a impopularidade da avareza. Veja-se que, de todos os pecados capitais, é o que mais se presta a gracejos, anedotas e histórias na literatura brasileira e universal, o avarento sendo sempre ridicularizado.

Raymundo Silveira, médico e escritor, num belíssimo conto, desenha a avareza da personagem Euzébio Vieira: "Dizia-se que, ao sofrer de uma cefaléia, atava um comprimido de aspirina à ponta de um barbante, deglutia-o por algum tempo — suficiente para lhe curar a dor — e depois o retirava para poupar o fragmento remanescente do remédio."[5]

Santo Tomás de Aquino, em *De Malo*, discute a avareza e aponta a traição como uma de suas "filhas". Refere-se, em desenvolvimento à sua assertiva, ao episódio da traição a Jesus. Judas traiu o Cristo porque roubava da bolsa comum, cujo zelo estava a seu cargo.[6]

Aristóteles aponta uma oposição entre avareza e prodigalidade: "Os avarentos entesouram como se devessem viver eternamente; os pródigos dissipam como se devessem morrer no instante seguinte."

São Jerônimo vê os demais vícios como decorrentes da avareza: "A avareza é a raiz de todos os males."

Francisco de Vitória tem a mesma idéia da avareza como matriz de outros pecados: "Muito dificilmente não comete o avarento outros pecados."[7]

Sêneca tem um olhar de desprezo direcionado a este vício: "Se o que tens te parece insuficiente, então, mesmo que possuas o mundo, ainda te sentirás na miséria. Ao avarento falta-lhe tanto o que tem como o que não tem; ao luxo faltam muitas vezes muitas coisas, à avareza, todas."[8]

Juvenal identifica o grilhão que sufoca o avarento: "Os outros homens são donos de sua riqueza; o avarento é escravo."

Sócrates é duro: "Vês essas aves famintas que devoram tudo quanto se lhes depara, que se despedaçam umas às outras, que são perseguidas por outras que lhes arrancam as presas e que, por fim, morrem sufocadas umas entre outras? São a imagem dos avarentos."

Plutarco mostra a contradição intrínseca à avareza: "Os avarentos guardam o seu tesouro como se fosse realmente seu; mas temem servir-se dele, como se na realidade pertencesse a outrem."

Francisco de Quevedo realça, numa imagem literária, a ambição do avarento: "O avarento gostaria que o Sol fosse de ouro para poder amoedá-lo."

Não é menos contundente o anátema que Honoré de Balzac lança contra a avareza: "Os avarentos não crêem numa vida futura; para eles tudo é presente."

Outro escritor francês, François Rabelais, tem juízo fulminante sobre este vício capital: "É loucura amontoar aquilo de que nunca precisaremos."[9]

E ainda, na literatura francesa:

A avareza, a tudo querendo, tudo perde. (La Fontaine)[10]
A avareza empobrece o coração. (Chateaubriand)
A pobreza carece de muita coisa, mas a avareza, de tudo. (La Bruyère).
Já houve ilustres celerados; mas nunca houve ilustres avarentos. (Voltaire)[11]

Por fim, citemos três escritores brasileiros que condenaram a avareza:

Se o corpo é a sede da alma, o verdadeiro corpo do avarento é o cofre, porque nele está sempre o seu sobressaltado espírito, irradiando desconfiança, alerta ao mais leve ruído. (Coelho Neto)

A avareza cresce com os anos, porque vai tomando no homem os espaços que, com o tempo, outras formas de egoísmo deixam vazios. (Monteiro Lobato)

É o avarento, entre os carunchos que se arrastam sobre a crosta lodosa desta nossa miserável terra, a casta de carunchos mais nauseantes. (Paulo Setúbal)[12]

Em ensaio da coleção Sete Pecados Capitais, Phyllis A. Fickle defende a tese de que a avareza é a "matriarca do clã mortal". Da avareza, segundo a autora, decorrem a ira, a soberba, a inveja, a preguiça, a gula e a luxúria.[13]

Phyllis A. Fickle faz um estudo sobre a avareza, desde o apóstolo Paulo até os dias de hoje, percorrendo também sua representação na arte. A autora ressalta a contribuição de Marx "para o estudo da avareza e de todas as suas ramificações e conseqüências".[14]

O texto de Phyllis A. Fickle evidencia o poder destrutivo da avareza nos dias correntes e mostra como esse vício freqüentemente esconde a sua face.

Na coleção Plenos Pecados, Ariel Dorfman escreve o volume *Terapia*, que cuida desse pecado capital.[15] O empresário Graham Blake é a personagem central da obra:

> Graham Blake, 43 anos, a mãe morreu quando ele tinha 6 anos, o pai morreu quando ele tinha 17, dois filhos, um menino, uma menina. Divorciado. Satisfatoriamente divorciado. O que quer dizer que o divórcio foi bom. Nenhuma infidelidade à mulher, nenhuma surra um no outro, nenhum processo. Nenhuma briga na frente das crianças, Thomas e Georgina, duas gracinhas.[16]

Graham Blake tinha tudo para ser feliz. No entanto, acometido de grave doença mental, vive um tormento. Incapaz de se alimentar adequadamente, de dormir o mínimo que seja toda noite, de ter a vida feliz que suas condições poderiam proporcionar, ele finalmente procura ajuda. Entrega-se, assim, aos cuidados do Instituto de Terapia da Vida. Recebe um tratamento nada ortodoxo, que inclui a supressão de ligações com o mundo exterior, o telefone celular permanentemente desligado etc.

Por meio de um jogo instigante de imagens e situações, Ariel Dorfman radiografa a alma de Graham Blake, põe a nu todos os seus pecados capitais e, de modo especial, a avareza: e não apenas a sua, mas a da própria civilização moderna.

Até este ponto do capítulo procuramos vasculhar, no pensamento de diversos autores, através do tempo, como é visto, desenhado e analisado o vício capital da avareza. Claro que ela, como foi aqui retratada, perdura no coração e na mente do ser humano. Mas, se colocarmos a questão sob outro ângulo, terá a avareza peculiaridades hoje em dia?

Será o materialismo a versão com que se apresenta modernamente a avareza de todos os tempos?

Suponho que sim. Se isso for verdade, teremos provado a tese que cabe a este capítulo.

Por materialismo entendemos a visão filosófica e a forma de comportamento individual e social centrada no dinheiro, no egoísmo, no pragmatismo. O materialismo prende-se ao presente, despreza o futuro. Em conseqüência, abdica de qualquer compromisso para com as gerações vindouras. Valores espirituais, tesouros que se encontram no coração humano, afetividade, compaixão — tudo isso, de uma perspectiva materialista, só tem significado se puder ser convertido em resultados imediatos e concretos, em cifras ou vantagens.

O materialismo despreza a utopia. O pensamento materialista é a antítese do pensamento utópico. Desde a juventude, optei pela utopia. Acho que para essa escolha exerceu papel importante a cidade em que nasci, Cachoeiro de Itapemirim, que sempre deu mais valor às coisas do espírito do que às míseras moedas de ouro. Minha terra ergueu como o maior de seus monumentos não a estátua de um homem de poder e riqueza, e sim o busto de um poeta (Newton Braga). E inscreveu nele seus versos sobre a fraternidade:

> Esta sensibilidade que é uma antena delicadíssima
> captando todas as dores do mundo,
> e que me fará morrer de dores que não são minhas.[17]

Por ter eleito a utopia como itinerário de vida, a reflexão sobre o pensamento utópico está presente em vários de meus livros. Cabe relembrar aqui algumas dessas reflexões.[18]

A utopia, no seu sentido mais genérico, é a antevisão de um projeto. A palavra, em grego, significa "que não existe em nenhum lugar".

Deve-se distinguir, de início, o mito da utopia, a imaginação intencional da fantasia solta. O mito é um sucedâneo da realidade que consola o homem daquilo que ele não tem: seu objetivo é esconder a verdade das coisas, é alienar. A utopia, pelo contrário, é a representação daquilo que não existe ainda, mas que poderá existir se o homem lutar para a sua concretização.

O mito nasce da fantasia descomprometida com a única finalidade de compensar uma insatisfação vaga, inconsciente. A utopia fundamenta-se na imaginação orientada e organizada. É a consciência antecipadora do amanhã. O mito ilude o homem e retarda a história. A utopia alimenta o projeto de luta e faz a história.

O pensamento utópico sempre esteve presente no mundo, como sinal de vitalidade de povos e gerações: em Moisés, em sua busca da Terra Prometida; em Amenófis IV, o faraó do Egito que sonhou com um mundo de iguais e foi assassinado pelos que detinham os privilégios; na *República*, de Platão; na *Utopia*, de Tomás Morus; na *Cidade do Sol*, de Campanella; na *Nova Atlântida*, de Bacon; no *Contrato social*, de Rousseau; na *Cidade da eterna paz*, de Kant; na *Evolução dialética*, de Hegel; no *Paraíso do proletariado*, de Marx; na visão do Alfa e Ômega, de Teilhard de Chardin; no *Instante eterno*, de Kierkegaard; na *Esperança e no mistério*, de Gabriel Marcel; no *Princípio da esperança*, de Ernest Bloch; no *Projeto esperança*, de Roger Garaudy; no Movimento Pró-Direitos Civis, de Luther King; nas Lutas de Libertação, de Che Guevara; no *Mundo sem prisões*, de Michel Foucault; no projeto de um Terceiro Mundo emergindo de suas próprias raízes, de Frantz Fanon; nas *Minorias abraâmicas*, de Hélder Câmara.

Foi o pensamento utópico que levou Frei Caneca, impávido, à morte: sonhador de um mundo igual para todos. Foi nutrido de sua seiva que Oswald de Andrade, no fim da vida, defendeu o poder revolucionário da imaginação. Foi com base nele que Niemeyer pôs em arquitetura o seu projeto de uma cidade humana, projeto aniquilado pelas estruturas envolventes, pois é impossível manter uma cidade humana dentro de uma sociedade fundada no lucro, no consumo, na discriminação, na desigualdade.

A primeira função do pensamento utópico, segundo Pierre Furter, é favorecer a crítica da realidade. Mas não se esgota aí seu fim: a utopia é também uma forma de ação. Porque dão dinamismo à filosofia política, as utopias — como observou Ernst Bloch — propõem aos homens os meios para proverem seu destino à luz de uma visão global do desenvolvimento histórico.

"O que nos mantém em plena e ininterrupta ação construtiva, o que dá sentido à vida atual", disse Frei Fernando de Brito, do fundo de uma prisão, "é que hoje e agora construímos o mundo de amanhã. E, dialeticamente, é esta atividade que faz com que a esperança seja um objetivo realizável".

Para que a utopia seja força progressista, é preciso transformar as aspirações em militância, a esperança em decisão política. Se fizermos isto, podemos estar certos de que o presente pertence aos pragmáticos, mas o futuro é dos utopistas.

O que queremos aqui apresentar é esta contradição: de um lado, o materialismo, que tem sua raiz na avareza, na cobiça; de outro lado, a utopia, que divisa o futuro por meio da construção de um mundo novo, baseado na solidariedade e no humanismo.

Como o avarento é escravo da riqueza, conforme disse Juvenal, o materialista é escravo da miopia existencial que fecha na escuridão seu mundo sem sonhos.

O materialismo, embora expressão da avareza, é bem mais grave que a própria avareza. Isso porque esta é um pecado capital individual. Já o materialismo é um pecado capital social.

A avareza, pecado individual, enclausura o homem no mundo externo referido por Rosemeire Zago, impossibilitando-o de aventurar-se no mundo interno, muito mais rico de possibilidades. O corpo do avarento é o cofre, não é a sede da alma, como disse Coelho Neto.

O materialismo, pecado social, suplanta em cêntuplos os danos causados pelo pecado individual da avareza. Estabelece relações econômicas e determina que povos sejam oprimidos, em benefício de povos opressores. Institui relações injustas de comércio internacional que favorecem os grandes e prejudicam os pequenos. Fabrica dívidas externas que nunca podem ser pagas e que têm apenas a função de manter nações sob o jugo do imperialismo monetário. O materialismo alimenta divergências dentro das nações, cria rivalidades entre vizinhos, mobiliza o medo social para alimentar a indústria da guerra.

No plano interno dos países, o materialismo dita políticas públicas que se destinam à manutenção de privilégios. Torna impossível a melhor distribuição de bens. Favorece a corrupção. Desencoraja ou até mesmo ridiculariza o altruísmo. Corrompe a juventude, ao apontar como ideal o sucesso material a qualquer preço. O materialismo cria seus heróis, entroniza nos altares os seus santos. Coloca na cabeça do rico e do poderoso a auréola consagradora e despreza os humildes. Numa sociedade materialista, o ser humano, como tudo o mais, está sujeito às "leis do mercado".

Como podemos colocar a generosidade e a solidariedade, como valores sociais, em substituição ao materialismo? Não é tarefa simples, nem certamente realizável por uma geração apenas. É projeto histórico, realização coletiva. Planta-se na construção de uma nova consciência. São convidados a caminhar este caminho os que não põem sua esperança no termo da própria existência, os que não balizam seu projeto humano nos muros da própria casa.

Utopia, fraternidade, solidariedade, comunhão, sim.

Avareza, egoísmo, pragmatismo, materialismo, não.

NOTAS

1. Ver capítulo 2 deste livro.
2. Texto de Rosemeire Zago disponível na internet no site: www.portalmulher.sdv.pt. Acesso em outubro de 2005.
3. Zeidan, Taiz. "Comportamento — Que pecado você cometeu hoje?" Acesso na internet, em outubro de 2005, pesquisando "pecados capitais" através do Google.
4. Queiroz, Rachel de. Os sete pecados capitais. In: *O Estado de S. Paulo*, edição de 3 de fevereiro de 2001.
5. Raymundo Silveira, médico e escritor. Ver seu acervo na biblioteca virtual: www.raymundosilveira.net/acervo.htm.
6. Cf. Lauand, Jean. *Sobre o ensino (De Magistro) / Os sete pecados capitais*, de S. Tomás de Aquino. Tradução e estudos introdutórios. São Paulo: Martins Fontes, 2001, passim.
7. Nina, A. Della (organização e coordenação). *Dicionário enciclopédico da sabedoria*. São Paulo, Editora das Américas, s/data, vol. 1, p. 383.
8. Colhido no site: http://geocities.Yahoo.com.br/mensagembomdia/a/avareza.htm — acesso em novembro de 2005.
9. Nina, A. Della (organização e coordenação). *Dicionário enciclopédico da sabedoria*. São Paulo, Editora das Américas, s/data, vol. 1, p. 382 e seguintes.
10. Idem, ibidem.
11. Idem, vol. 7, p. 404.

12. Idem, vol. 1, p. 387.
13. Fickle, Phyllis A. *Avareza*. In: coleção Sete Pecados Capitais, tradução de Cordelia Magalhães, São Paulo, Arx, 2005.
14. Idem, p. 100.
15. Dorfman, Ariel. *Terapia*. In: coleção Plenos Pecados, Rio de Janeiro, Objetiva, 1999.
16. Idem, p. 14 e 15.
17. Braga, Newton. *Poesia e prosa*. Rio de Janeiro, Editora do Autor, 1964.
18. Cf. *Direito e utopia*. Porto Alegre, Livraria do Advogado Editora, 2004 (5ª edição).

CAPÍTULO 5

Preguiça — Individualismo

O INDIVIDUALISMO no lugar da PREGUIÇA

Preguiçoso não é mais aquele que não faz nada. É aquele que pode fazer algo para o benefício coletivo mas quer mais é saber apenas de si. Ele quer poupar-se, não se ocupar do outro.

Entrevista do autor ao jornal A Gazeta, de Vitória.

Com este capítulo sobre a preguiça iniciamos o exame dos pecados capitais que são chamados, tradicionalmente, de pecados contra o corpo: a preguiça, a gula e a luxúria. Eles contrapõem-se aos dirigidos ao espírito (a ira, a avareza, a inveja e o orgulho), sobre os quais nos detivemos nos capítulos anteriores.

Mais fácil que definir a preguiça é desenhar seus contornos: pouca disposição para o trabalho; extrema lentidão na realização de tarefas; falta de vontade de fazer algo que requer nossa ação; aborrecimento diante dos misteres cotidianos; adiamento imotivado de deveres etc.

Pelo simples exercício do senso comum, podemos facilmente distinguir a preguiça acidental da crônica. A primeira é aquela que se manifesta eventualmente, num determinado dia. A maioria das pessoas tem seus dias de preguiça. Nesse sentido, a sabedoria popular diz que "segunda-feira é o dia da preguiça".

Essa preguiça acidental, evidentemente, não merece a apóstrofe de "pecado capital". Trata-se de um pecadilho simpático que Rachel de Queiroz considera o mais amável dos pecados, já que não faz mal diretamente a ninguém. Não parece um vício, antes um estado de espírito.[1]

Apresenta até mesmo um ponto positivo, que é evitar que nos sobrevenha um colapso físico ou mental. Como afirma Ricardo Melo, "é uma reguladora natural das atividades orgânicas e psíquicas, evitando um excesso que nos seria prejudicial".[2]

Já a preguiça crônica é um estado permanente, que se exterioriza de várias formas: aversão ao trabalho, tédio no desempenho do labor cotidiano, desinteresse pelo que se faz, indolência absoluta, cansaço decorrente do cumprimento das menores obrigações.

A preguiça crônica pode resultar de problemas de saúde. Não se trata, nesse caso, de preguiça, e sim de doença. Inúmeras pessoas são acometidas de uma suposta preguiça que, na verdade, é um estado mórbido que exige cuidados médicos ou psicológicos. Normalmente essas pessoas sofrem muito com seu estado, tanto física quanto psicologicamente.

A preguiça doentia também não é — claro — um "pecado capital".

Há, ainda, para ser mencionado, um desestímulo ao trabalho, por fatores estruturais. Os que estão instalados em seus gabinetes, com ar-condicionado, música ambiente, secretárias, cafezinho, conforto, lançam com freqüência o estigma de preguiçosos sobre os trabalhadores que não lhes proporcionam os lucros esperados.

O padre José Comblin desenha com nitidez o quadro desse trabalho sem humanidade:

> As grandes cidades podem tranqüilamente ser entregues à violência: que os pobres se matem uns aos outros. Podem ser entregues à poluição, ao cansaço dos deslocamentos, à estreiteza das moradias e dos espaços de lazer, aos perigos do trânsito. Nada disso importa. Os privilegiados não têm necessidade de entrar nessas cidades infernais. Moram longe. Não sabem o que está acontecendo nas cidades. Têm os seus paraísos. Todos os recursos dos governos e os recursos próprios de suas classes ficam reservados para o seu maior conforto. (...) O modelo desse *apartheid* está nos Estados Unidos. Ali faz tempo que as novas elites saíram de Nova York, Chicago, Los Angeles ou Washington. Não lhes importa o que ali acontece. Nos seus paraísos nada acontece, a não ser uma felicidade permanente.[3]

Nesta sociedade materialista na qual estamos inseridos não há, em regra, cuidado com as pessoas. Não é por acaso que frei Leonardo Boff (para mim será sempre frei Leonardo, ainda que se tenha desligado da Igreja institucional) deu a um de seus livros o título de

Saber cuidar.[4] Por falta de cuidado, as pessoas estão dentro das engrenagens do trabalho sem saber exatamente o que fazer, sem entender o sentido do que fazem, sem valorizar o que fazem. Tratados como objeto, que estímulo podem ter esses seres humanos para trabalhar com gosto e alegria?

Então, uma aparente preguiça é, nesses casos, um desajustamento ao trabalho por culpa daqueles que deveriam organizá-lo de modo a fazer com que ele fosse uma fonte de saúde e permitisse um crescimento pessoal, um engrandecimento espiritual.

A suposta preguiça dos que são esmagados pelo trabalho não é, evidentemente, um dos nossos pecados capitais. A propósito, há de se recusar uma idéia classista do dever de trabalhar. Nessa visão distorcida, os pobres têm obrigação de trabalhar os ricos, não.

A lei brasileira reflete essa distorção. O artigo 59 da Lei das Contravenções Penais define a vadiagem assim: "Entregar-se alguém habitualmente à ociosidade, sendo válido para o trabalho, sem ter renda que lhe assegure meios bastantes de subsistência, ou prover a própria subsistência mediante ocupação ilícita."

Só quem não tem renda que lhe assegure a subsistência incorre nas penas da lei. A ociosidade é assegurada, como direito, em favor dos ricos.

No exercício da magistratura, denunciei esse abuso e me rebelei contra ele. Mandei libertar Marislei e Telma, que foram presas como vadias, num dia de sábado, lembrando Vinicius de Moraes, que consagrou o sábado como dia de ócio.[5]

Noutra decisão ponderei:

> Implicando em graves problemas de ordem psicológica, exigindo a caracterização da anterioridade ociosa, da capacidade física do agente, de sua normal estrutura psíquica, das condições do mercado de trabalho, dificilmente se reúnem, em hipóteses concretas, as coordenadas configuradoras do flagrante de vadiagem.[6]

Numa terceira decisão, disse: "Em matéria de ociosidade, é preciso que o juiz seja prudente. Indivíduos analfabetos, sem qualificação profissional, marginalizados pelas estruturas sociais, nem sempre encontram trabalho."[7]

Numa quarta decisão, chamei a atenção para a dificuldade de pessoas pobres obterem documentos e mandei soltar um jovem de 18 anos, a fim de que tivesse a oportunidade de qualificar-se civilmente e procurar emprego. Minha sentença foi cassada pelo Tribunal de Justiça sob o argumento de que se fundava em motivos sentimentais e humanos. O jovem foi novamente preso, em razão da subordinação do juiz às decisões do Tribunal Superior. Contudo, em fase posterior do processo, concedi novamente liberdade provisória ao jovem, quando ele provou que estava entabulando um emprego na fábrica de bombons Garoto. Na oportunidade, redargüi ao argumento de que minha decisão teria sido precipitada e impulsionada por motivos sentimentais:

> Buscando realizar aquele ideal de justiça que deve brilhar como uma luz aos olhos de todo magistrado, agindo, não sentimentalmente, não caridosamente, mas humanamente, pois a condição humana é um atributo inseparável da condição de juiz, concedo a Reinaldo o benefício da liberdade provisória, mediante o compromisso de trabalhar, viver honestamente, evitar a freqüência a locais de jogo. Saiba, Reinaldo, que este juiz confia em sua pessoa e assina, pela segunda vez, um alvará de soltura em seu favor, na convicção de que liberta alguém que está preso injustamente e que merece a oportunidade de trabalhar, ser gente, viver.[8]

Ainda temos de excluir da pecha de "pecado capital" a preguiça dos artistas, dos criadores, que melhor se chamaria "ócio da criação". Certamente não teríamos a *Garota de Ipanema*, que engrandece o Brasil aos olhos do mundo, sem o ócio de Vinicius de Moraes e Tom Jobim.

Aliás, segundo se diz, no processo do qual resultou a aposentadoria compulsória de Vinicius de Moraes como diplomata foi escrito, a título de conclusão: "Vá trabalhar, vagabundo."

Chico Buarque, valendo-se do episódio, aproveitou a frase e transformou-a em verso de uma de suas composições. O poeta era um malandro, na cabeça da "autoridade" que expulsou Vinicius de Moraes da diplomacia brasileira. Não tinha idéia, esse coitado, da existência do "ócio da criação".

O ócio dos poetas é virtude, de maneira alguma, um "pecado capital".

Muito além do ócio dos poetas, Wendy Wasserstein quer universalizar o direito à preguiça. No volume que lhe coube escrever, a coleção Sete Pecados Capitais, faz uma exaltação da preguiça, que segundo a autora não seria vício, e sim virtude. Começa seu livro assim:

> Relaxem! Sejam felizes! Abandonem-se, deixem correr frouxo! Este livro irá lhes mostrar exatamente como fazer isso. O Plano da Preguiça não é uma dieta ou um método comum de exercícios. É uma filosofia que transformará e mudará completamente a vida de todos vocês deste dia em diante.[9]

Todo o texto de Wendy Wasserstein corre num estilo solto, cômico, desabusado — uma antítese de toda essa abundante literatura de auto-ajuda que aconselha trabalho, disciplina, planejamento, uso inteligente do tempo, ambição etc.

Observa a escritora que, no século XIX, a preguiça tornou-se não apenas um pecado contra Deus, mas também contra o capitalismo e a Revolução Industrial, que exigiam trabalhadores laboriosos.[10] Diversamente de outros pecados capitais que provocam danos, Wendy Wasserstein destaca que jamais alguém foi à guerra por causa da preguiça. Ninguém matou ou foi morto em nome da preguiça.[11]

No seu "elogio da preguiça", a autora invoca testemunhos para provar que a preguiça é caminho para a boa saúde.[12] Se assim é, a preguiça que ela desenha não se ajusta à definição de pecado capital.

Na coleção Plenos Pecados, João Gilberto Noll foi convidado a escrever sobre a preguiça.[13] O escritor produziu um texto primoroso, tanto pela originalidade e ousadia no modo de tratar o tema, como pelo estilo inebriante que rompe com a estrutura tradicional da narrativa.

A personagem João das Águas sai no encalço de Marta, uma filha que se perdeu na distância, fruto de um amor longínquo. Marta está morando numa ilha, onde cuida de doentes terminais. Pelo olhar poético do romancista, a personagem defronta-se com uma comunidade de gente simples: "Todos os que viviam ali praticavam uma inércia que o rio vinha abençoar."[14]

A preguiça de *Canoas e marolas*, que João Gilberto Noll retrata com admirável singeleza, é a metáfora do desalento e da apatia do homem contemporâneo. A preguiça do autor não me parece pecado capital, e sim desapego, delírio, liberdade, irresponsabilidade e sofrimento.

Se tantas são as ressalvas e exclusões, que será afinal a preguiça que os teólogos definem como pecado capital?

Os vícios capitais, na enumeração de Santo Tomás de Aquino, são, como já vimos: vaidade, avareza, inveja, ira, luxúria, gula e acídia. A vaidade corresponde, em parte, ao orgulho, porque dele decorre diretamente, mas, na visão do teólogo, o orgulho é um pecado primário, fonte dos sete pecados capitais, não sendo assim apenas vaidade. A "acídia" foi substituída pela palavra "preguiça", com a discordância de muitos estudiosos contemporâneos.

Jean Lauand, interpretando o pensamento de Tomás de Aquino, afirma que essa substituição vocabular representou um empobrecimento de sentido, já que "a acídia medieval — e os pecados dela derivados — propicia uma clave extraordinária precisamente para a compreensão do desespero do homem contemporâneo".[15]

E conclui:

> A acídia é coisa séria, como se vê se anteciparmos desde já uma primeira aproximação da definição de acídia: a tristeza pelo bem espiritual; a acidez, a queimadura interior do homem que recusa os bens do espírito.
>
> Desde sempre e, durante muitos séculos, essa tristeza foi considerada pecado capital. Modernamente, porém, e não por acaso, houve um esquecimento da acídia e sua substituição pela preguiça.[16]

Josef Pieper observa que não há conceito ético mais desvirtuado, mais notoriamente aburguesado na consciência cristã do que o de acídia. O fato de estar a preguiça entre os pecados capitais parece que é, por assim dizer, uma confirmação e sanção religiosa da ordem capitalista de trabalho. E finaliza: "Esta idéia é não só uma banalização e esvaziamento do conceito primário teológico-moral da acídia, mas até mesmo sua verdadeira inversão."[17]

Jean Lauand desenvolve toda uma reflexão em torno do ensino de Tomás de Aquino sobre a acídia, como passamos a expor.

Assim como os homens fazem muitas coisas pelo prazer — para obtê-lo ou movidos por ele —, também as fazem pela tristeza: para evitá-la ou arrastados por seu peso. E esse tipo de tristeza, a acídia, é convenientemente situado como vício capital.

A acídia, como pecado capital, é a mesma e única base de duas atitudes contrárias: uma que leva à ação, ao ativismo, e outra que busca a inação. Este é o momento — secundário, derivado — em que acídia e preguiça se ligam, embora sejam muito mais importantes as filhas da acídia ligadas ao ativismo, sobretudo para a análise do homem contemporâneo.

Se a tristeza da acídia pode levar à inação, pode também provocar inquietude e ações desenfreadas. Quando Santo Tomás fala da acídia, de suas "filhas" e manifestações, está focando a dimensão que lhe interessa como teólogo: a da tristeza moralmente condenável.

A acídia é o tédio ou tristeza em relação aos bens interiores e aos bens do espírito.

Ao comentar que alguns autores estabelecem uma correspondência entre os sete dons do Espírito Santo e os sete pecados capitais, Tomás de Aquino indica que o oposto da acídia seria o dom da fortaleza, o esforço para não se deixar dominar por essa acidez da alma.

Mesmo uma descrição breve da acídia torna evidente seus perigos: o desenraizamento, a abdicação do processo de auto-realização profunda do eu.[18]

A Bíblia nos fala da preguiça:

> Por mãos preguiçosas o teto desaba,
> por braços frouxos goteja na casa. (Eclesiastes, 10, 18)[19]
> O preguiçoso põe a mão no prato:
> levá-lo à boca é muita fadiga. (Provérbios, 26, 15)[20]
> O desejo do preguiçoso causa sua morte,
> porque suas mãos recusam o trabalho. (Provérbios, 21, 25)

Vinagre nos dentes, fumaça nos olhos,
tal é o preguiçoso para os que o enviam. (Provérbios, 10, 26)
A porta gira nos seus gonzos,
e o preguiçoso no seu leito. (Provérbios, 26, 14)
O preguiçoso espera, e nada tem para a sua fome;
a fome dos diligentes é saciada. (Provérbios, 13, 4)
O caminho do preguiçoso é como cerca de espinhos,
a trilha dos homens retos é grande estrada. (Provérbios, 15, 19)
Por que ficais aí o dia inteiro sem trabalhar? (Mateus, 20, 6).[21]

Vejamos a opinião de alguns pensadores, profetas e escritores a respeito da preguiça:

O que sufoca o bom grão não são as ervas daninhas, é a preguiça do cultivador. (Confúcio).[22]

Arranja sempre alguma coisa por fazer, para que o demônio te veja sempre ocupado. (São Jerônimo)

O homem gosta da riqueza, da glória, dos prazeres, mas também gosta de nada fazer, o que para ele é um verdadeiro gozo, ao qual sacrifica amiúde a reputação e o bem-estar. (Jaime Balmes)

Não há caminho que não se acabe, quando a ele se não opõe a preguiça e a ociosidade. (Miguel de Cervantes)

O orgulho e a preguiça são as duas fontes de todos os vícios. (Blaise Pascal)

Não há fardo mais pesado que o fardo da preguiça. (Demócrito)

A preguiça, como a ferrugem, corrói mais depressa que o trabalho. (Benjamin Franklin)

Maior é a preguiça de espírito que a preguiça do corpo. (François, duque de La Rochefoucauld)

Diz um provérbio turco que o diabo tenta os que trabalham, e os preguiçosos tentam o diabo. (C. C. Colton)

Se fores preguiçoso, não sejas solitário; e se fores solitário não sejas preguiçoso. (Samuel Johnson)

O cansaço pode roncar sobre uma pedra, ao passo que a preguiça acha duro o travesseiro de penas. (W. Shakespeare)

O preguiçoso e o pusilânime são inúteis para o mundo e fracos perante Deus. Sem iniciativa e coragem, atividade, esforço, nada se consegue. (Coelho Neto)

Saindo do ensino clássico, após apresentar as opiniões daqueles que através dos tempos definiram, diagnosticaram, descreveram ou censuraram a preguiça, chegamos aos dias de hoje. Temos então de demonstrar, como nos propusemos, que a roupagem moderna desse vício capital é o individualismo.

A preguiça, como pecado capital, opõe-se ao trabalho e à diligência. Assim é que, como vimos, Confúcio nos fala da preguiça do cultivador, Demócrito adverte sobre quanto é pesado o fardo da preguiça, e Benjamin Franklin pontua que a preguiça, tanto quanto a ferrugem, corrói mais depressa que o trabalho. La Bruyère a apresenta como fonte do tédio, enquanto Shakespeare diz que a preguiça acha duro o travesseiro de penas. Todos esses filósofos e escritores cuidam da preguiça que se radica no comportamento individual. E a manifestação mais nefasta desses desvalores, no mundo contemporâneo, é o individualismo.

O individualismo inocula hoje seu veneno em todo o tecido social.

O individualismo manifesta-se no cotidiano, nas grandes e pequenas coisas.

O individualismo opõe-se à cortesia, ao espírito de serviço.

O individualismo despreza a obrigação social de dar cada um seu quinhão de ajuda ao esforço coletivo. Traduz egoísmo, descompromisso com o próximo, desprezo pelo bem comum.

O individualismo é uma marca do capitalismo triunfante. O individualismo é o "salve-se quem puder".

O individualismo invade as relações familiares, no ambiente de trabalho, de vizinhança, as relações no nível das comunidades locais, no interior dos países, as internacionais.

O individualismo é o antônimo da fraternidade e da solidariedade.

A preguiça de hoje não se exprime no "não fazer". O que hoje empobrece o relacionamento humano é a preguiça social, a preguiça de fazer para os outros, de fazer no coletivo, de fazer se não houver resultados em proveito próprio, resultados imediatos, vantagens pessoais satisfatórias.

O ensino clássico verberou a preguiça individual. Não é essa a preguiça que hoje ameaça os alicerces de uma sociedade que se pretenda humana. A preguiça social, que é a preguiça moderna, freqüentemente não tem qualquer traço da preguiça individual. Muito pelo contrário: em nível individual há energia, iniciativa, labor, garra. Todas essas forças, entretanto, são canalizadas para o bem-estar próprio. Ao mesmo tempo em que há uma febricitante ação que não conhece repouso, um ritmo alucinante de trabalho, há também o total fechamento ao "outro", uma radical preguiça social.

Sem dúvida, há reações ao individualismo que caracteriza o mundo moderno. Muitas ações coletivas tentam "remar contra a maré" e alcançam, em diversas situações, êxitos animadores.

Entretanto, se queremos avançar, é preciso ter bem clara a realidade.

Não podemos desanimar. Contra o individualismo é preciso resistir.

NOTAS

1. Queiroz, Rachel de. Os sete pecados capitais. In: *O Estado de S. Paulo*, edição de 3 de fevereiro de 2001.
2. Apud: Zeidan, Taiz. "Comportamento — Que pecado você cometeu hoje?" Acesso na internet, em outubro de 2005, pesquisando "pecados capitais" através do Google.
3. Combin, José. *Cristãos rumo ao século XXI*. São Paulo, Paulus, 1996, p. 123.
4. Boff, Leonardo. *Saber cuidar*. Petrópolis, Vozes, 1999.
5. Ver o livro *Uma porta para o homem no direito criminal*. Rio de Janeiro, Forense, 2001, p. 24.
6. Idem, p. 22.
7. Idem, ibidem.
8. Idem, p. 22-24.
9. Wasserstein, Wendy. *Preguiça*. In: coleção Sete Pecados Capitais, tradução de Cordelia Magalhães, São Paulo, Editora Arx, 2005, p. 27.
10. Idem, p. 60.

11. Idem, p. 69.
12. Idem, p. 125 e seguintes.
13. Noll, João Gilberto. *Canoas e marolas*. In: coleção Plenos Pecados, Rio de Janeiro, Objetiva, 1999.
14. Idem, p. 11.
15. Lauand, Jean. *Sobre o ensino (De Magistro) / Os sete pecados capitais*, de S. Tomás de Aquino. Tradução e estudos introdutórios. São Paulo: Martins Fontes, 2001, passim.
16. Idem, ibidem.
17. Pieper, Josef. *Virtudes fundamentales*. Madri, Rialp, 1976, p. 393-394.
18. Cf. Lauand, Jean, ob. cit., passim.
19. Livro do Eclesiastes, capítulo 10, versículo 18. Apud *Bíblia de Jerusalém*. São Paulo, Paulus, 2002, p. 1.083. Tradução do texto em língua portuguesa feita por um grupo de exegetas católicos e protestantes, diretamente dos originais, em francês (*La Bible de Jérusalem*, publicada sob a direção da École Biblique de Jérusalem). Tradução de Euclides Martins Balancin.
20. Livro dos Provérbios. Apud *Bíblia de Jerusalém*, edição citada. A tradução do Livro dos Provérbios foi feita por Gilberto da Silva Gorgulho.
21. Evangelho de Mateus. Apud *Bíblia de Jerusalém*, edição citada. A tradução do Evangelho segundo Mateus foi feita por Theodoro Henrique Maurer Júnior.
22. Nina, A. Della (organização e coordenação). *Dicionário enciclopédico da sabedoria*. São Paulo, Editora das Américas, s/data, vol. 5, p. 342 e seguintes. Extraída desta obra esta citação e as seguintes.

CAPÍTULO 6

Gula — Fome de lucro

A FOME DE LUCRO SEM LIMITES no lugar da GULA

A gula, hoje, é o lucro sem limites. A humanidade nunca esteve tão próspera. Porém, nunca tivemos um cenário tão desolador de miséria absoluta. Afinal, para que servem e para onde vão esses lucros incalculáveis das empresas nesse cenário contraditório?

Entrevista do autor ao jornal A Gazeta, de Vitória.

A gula, como ensina Tomás de Aquino, é a desordem de um desejo natural, qual seja, o de comer e beber. No guloso, o apetite é marcado pela voracidade, torna-se uma compulsão. Santo Agostinho disse que a avidez dos gulosos não é de saciar-se, e sim de comer e saborear.

A gula esconde, em regra, muitas carências. Na busca desenfreada pelo alimento ou pela bebida, o ser humano procura preencher seus vazios, suas frustrações. À luz do atual estágio da ciência tem-se a gula, na sua expressão crônica, como enfermidade a ser tratada, e não como vício a ser combatido.

Ao lado da gula crônica podemos, pelo simples senso comum, destacar a gula acidental, episódica ou passageira. Ou seja, pode alguém exceder-se, casualmente, no comer ou no beber sem que isso seja um hábito. Diversamente da gula crônica, que exige a ajuda de profissionais da saúde física e espiritual para ser curada, da gula acidental pode cada pessoa cuidar, zelando por manter hábitos saudáveis no comer e no beber.

No mundo de hoje, tão forte quanto a *compulsão de comer*, observamos a *compulsão de não comer*. Refiro-me àquelas pessoas que se tornam escravas da balança. Um pequenino aumento de peso, depois das festas de fim de ano ou como decorrência de uma transigência mínima na dieta, é motivo de sobressalto. A mulher, mais que o homem, é vítima da compulsão de não comer.

Essa escravidão à balança tem sua raiz na absorção, quase sempre inconsciente, da idéia de que há padrões de beleza a que se deve submeter para ser considerado bonito.

São padrões arbitrários e inconsistentes, com forte conteúdo de dominação imperialista. Explico melhor o que quero dizer: são padrões norte-americanos e europeus de beleza que desconhecem a diversidade de povos, raças, hábitos alimentares e culturais.

É impressionante como esses padrões, especialmente o de beleza feminina, estão introjetados no inconsciente coletivo (hoje mais que antigamente, por causa da televisão). Pesquisas publicadas nos jornais revelam que apenas 2% das mulheres brasileiras consideram-se bonitas. Que absurdo! De minha parte, diria que apenas 2% das mulheres brasileiras são feias.[1]

Penso que há uma desordem que, bem mais do que a gula, atormenta a humanidade hoje. Refiro-me ao que é, em certo sentido, o antônimo da gula: a fome.

O tormento da fome é o mais premente problema brasileiro.

Fome não apenas entre adultos, mas também entre crianças. Crianças que, atingidas pela fome, desenvolveram déficits físicos e intelectuais que não terão reversão no futuro. *Infâncias perdidas,* como denunciou, em livro profético, a capixaba Sônia Altoé.[2] Fome de mulheres grávidas, carências que violentam o feto, crianças que já nascem marcadas pela exclusão da mesa. Quanta injustiça! Injustiças praticadas contra crianças e mulheres, principalmente grávidas, me revoltam profundamente, como, decerto, revoltam também os leitores.

Creio que as mulheres, sobretudo as mais sofridas, têm, bem mais que os homens, aquela fome que o pão sozinho não sacia, aquele apelo de compreensão que somente o sentimento mais profundo de fraternidade pode atender.

Na minha vida de juiz senti muitas vezes esse apelo. Por isso, no exercício da magistratura, procurei sempre pousar um olhar cuidadoso (aquele a que se refere frei Leonardo Boff) sobre a criança e a mulher, especialmente a gestante.

No capítulo anterior, eu me referi ao caso judicial envolvendo Marislei e Telma, que mandei soltar porque foram presas como vadias num dia de sábado, que é dia de ócio, como decretou Vinicius de Moraes. Registro agora novos casos com os quais me defrontei.

Acolhi o motivo de relevante valor moral no ato de um acusado que feriu o agressor de sua irmã Ana Célia, uma prostituta.[3]

Libertei Maria Lúcia, meretriz, acusada de suposta tentativa de homicídio contra um "cliente" que quis dela abusar, desrespeitando sua dignidade de ser humano.[4]

Reconheci a condição de "meretrizes radicadas no distrito da culpa", para conceder liberdade provisória a mulheres envolvidas numa briga. A jurisprudência de então deferia esse direito em favor de "pessoas que exercem trabalho honesto, radicadas no distrito da culpa".[5]

Libertei Neuza, uma empregada doméstica que "furtou" 150 cruzeiros (moeda da época) dos seus patrões, a fim de comprar uma passagem de trem para voltar à casa materna, em Governador Valadares (MG), desajustada que estava em Vitória. Os patrões negaram-se a lhe pagar até mesmo os dias já trabalhados. Neuza retirou de uma caixa, que continha mais dinheiro, apenas a quantia necessária para adquirir a passagem. Os patrões perceberam, chamaram a polícia e Neuza foi presa na Estação Pedro Nolasco (da Estrada de Ferro Vitória-Minas), pronta para embarcar.[6]

Absolvi Jovelina, que matou seu companheiro com um golpe único de uma faca retirada das mãos do agressor, depois que este ferira uma criança de oito anos, filha da acusada, atirara-lhe um vidro de pimenta, batera nela com uma panela e lhe rasgara as vestes.[7]

Absolvi sumariamente Ermínia, que deu tapas em sua filha adotiva, causando-lhe ferimentos leves. Verifiquei, na audiência, que havia profundo laço de amor entre a mãe e a criança. A continuação do processo criminal seria um óbice ao bom prosseguimento da relação afetiva originária da adoção. Foram os vizinhos que denunciaram a mãe, supondo erradamente que ela tivesse batido na criança por se tratar de uma filha adotiva, quando, na verdade, toda mãe pode dar uma chinelada num filho sem que isso signifique desamor. (Embora os psicólogos hoje condenem qualquer tipo de castigo físico, por menor que seja.)[8]

E, finalmente, libertei Edna, que ia ser mãe, através do despacho que transcrevo a seguir:

> A acusada é multiplicadamente marginalizada: por ser mulher, numa sociedade machista; por ser pobre, cujo latifúndio são os sete palmos de terra dos versos imortais do poeta; por ser prostituta, desconsiderada pelos homens mas amada por um

Nazareno que certa vez passou por este mundo; por não ter saúde; por estar grávida, santificada pelo feto que tem dentro de si, mulher diante da qual este juiz deveria se ajoelhar, numa homenagem à maternidade, porém que, na nossa estrutura social, em vez de estar recebendo cuidados pré-natais, espera pelo filho na cadeia.

É uma dupla liberdade a que concedo neste despacho: liberdade para Edna e liberdade para o filho de Edna que, se do ventre da mãe puder ouvir o som da palavra humana, sinta o calor e o amor da palavra que lhe dirijo, para que venha a este mundo tão injusto com forças para lutar, sofrer e sobreviver.

Quando tanta gente foge da maternidade; quando milhares de brasileiras, mesmo jovens e sem discernimento, são esterilizadas; quando se deve afirmar ao mundo que os seres têm direito à vida, que é preciso distribuir melhor os bens da Terra e não reduzir os comensais; quando, por motivo de conforto ou até mesmo por motivos fúteis, mulheres se privam de gerar, Edna engrandece hoje este fórum, com o feto que traz dentro de si.

Este juiz renegaria todo o seu credo, rasgaria todos os seus princípios, trairia a memória de sua mãe, se permitisse sair Edna deste fórum sob prisão.

Saia livre, saia abençoada por Deus, saia com seu filho, traga seu filho à luz, que cada choro de uma criança que nasce é a esperança de um mundo novo, mais fraterno, mais puro, algum dia cristão.

Expeça-se *incontinenti* o alvará de soltura.[9]

Josué de Castro denunciou, no seu tempo, a fome como "problema social". A publicação, em 1946, da primeira edição de seu livro *Geografia da fome*[10] constituiu um dos mais monumentais libelos políticos e científicos da fome estrutural, da fome como produto direto da injustiça e do aviltamento do ser humano. Não foi sem razão que esse livro foi traduzido em quase trinta idiomas, assegurando ao autor brasileiro renome e respeito internacional.

Antes da denúncia científica do flagelo da fome, Graciliano Ramos, nos seus romances, já a retratara como problema político. Em toda sua obra estão presentes, a dor do povo e, direta ou indiretamente, a fome. *Caetés* (1933), *São Bernardo* (1934), *Angústia* (1936),

Vidas secas (1938), *Memórias do cárcere* (1953) são alguns dos seus mais conhecidos livros. Graciliano foi traduzido em inúmeros países: França, Alemanha, Itália, Espanha, Finlândia, Suécia, Dinamarca, Hungria, Inglaterra, Holanda, Romênia, Polônia, República Tcheca, Bulgária, Turquia, Rússia, Estados Unidos, Argentina, Cuba, Venezuela, Uruguai.[11]

Josué de Castro e Graciliano Ramos sofreram prisão e exílio por dizerem uma verdade óbvia. Seja na obra científica, seja na ficção, esses dois gigantes do pensamento brasileiro proclamaram que a fome não brota do céu. A fome tem causas na terra, nas injustiças imperantes.

Recentemente, Herbert de Souza, o nosso Betinho, lançou um desafio a todos nós, brasileiros: a fome tem pressa. Que em mutirão vençamos o flagelo da fome. Condenado a morrer, ele lutou, até o último momento, pela vida. Mas não tanto pela sua vida. Lutou muito mais pela vida do povo, dos marginalizados, dos que são massacrados pela injustiça brutal que é a fome.

Não poderia haver, na sociedade brasileira contemporânea, figura que pudesse simbolizar melhor esse grito contra a fome. Betinho estava predestinado a ser o líder da cruzada que empunhou, devendo essa liderança prosseguir, espiritualmente, mesmo depois de sua partida.

Os símbolos da luta contra a fome devem ser mesmo os mortos. Nenhum vivo deve empunhar essa bandeira, porque ela é apartidária, é santa, e só os mortos podem ser santos.[12]

Já nos começos da República, houve vozes que bradaram contra a fome e as injustiças sociais. Cite-se, a título de exemplificação, este texto do jurista Clóvis Bevilácqua:

> Na refulgência da civilização moderna, abre-se, pois, uma jaça; na máquina social, há uma roda que não se move regularmente. Que valem as nossas vitórias sobre as leis físicas, a flexibilidade de nossas instituições políticas, nossa poderosa concentração de forças, nossos conhecimentos do mundo e nossa indústria, se não podemos debastar, ao menos, as aguras sociais já que é impossível extingui-las?!... Que valem, se pululam as iniquidades, se há tanta boca sem pão e tantas almas sem luz, ao lado da incalculável elevação da ciência e do entesouramento dos capitais?![13]

Mas passemos ao oposto da fome: a gula.

A Bíblia Sagrada previne contra a gula: "Não seja insaciável de prazeres, nem se precipite sobre os pratos de comida. Porque o abuso na comida provoca doenças, e a gula produz cólicas. Muitos morreram por causa da gula, e quem sabe se controlar vive muito tempo." (Eclesiastes, 37, 29 a 31)[14]

O Talmude Babilônico condena a glutoneria: "Não há barco mais desprezível aos olhos de Deus que o estômago sobrecarregado."[15]

O escritor português Ramalho Ortigão faz acertada observação sobre o comer: "Eu creio tanto na influência dos maus jantares como na das más companhias na índole dos indivíduos, e adoto para mim esta sentença: dize-me o que comes, dir-te-ei as manhas que tens."

O filósofo Sêneca ensinou: "Admiras-te de serem muitas as doenças? Conta os cozinheiros."

Outros filósofos, mestres espirituais e escritores disseram:

> Refreia a gula e facilmente refrearás toda inclinação da carne. (Thomas A. Kempis)
>
> O ventre é para a humanidade um terrível peso que, a cada instante, rompe o equilíbrio entre a alma e o corpo. (Victor Hugo)
>
> Não pode ser glutão quem distingue o verdadeiro sabor do seu alimento. (H. D. Thoreau)
>
> Os médicos lidam por conservar-nos a saúde, os cozinheiros por destruí-la; mas estes têm mais certeza da vitória. (Denis Diderot)
>
> O glutão nunca é generoso. (H. G. Bohn)
>
> Todos os dias cavamos o nosso túmulo com os dentes. (Samuel Smiles)
>
> À gula é que se devem mortes repentinas e velhice intestada. (Juvenal)
>
> Glutão na mocidade, mendigo na velhice. (C. H. Spurgeon)

A anônima sabedoria popular registra: "Sê sóbrio, e viverás como rei."

Francine Prose, no livro que escreveu para a coleção Sete Pecados Capitais, traça a história da gula, passando por autores e atravessando tempos. A autora mostra o que esta história revela a respeito do ser humano, quando diz:

> Traçar a evolução da gula é refletir sobre o lugar de onde viemos, onde chegamos e para onde podemos estar indo. Porque se, como dizem, nós somos o que comemos, então o que sentimos sobre comida — e o comer demais — revela nossas mais profundas crenças sobre quem somos, quem nos tornaremos, e as relações e conflitos entre as necessidades do corpo e os desejos do espírito.[16]

Observa que, no Renascimento, via-se o comer em demasia como obstáculo a uma aproximação maior com Deus, enquanto depois da Revolução Industrial a gula passou a sinalizar prosperidade. Pousando seu olhar sobre a sociedade contemporânea, Francine Prose enuncia o dilema que a atormenta: "De um lado, é aguçada pela exaltação do prazer de comer; de outro, é prevenida sobre os perigos da comida em demasia e sobre os inconvenientes estéticos do excesso de peso."

A respeito desse último ponto, sublinha: "O que torna a penitência do glutão ainda mais pública e cruel é que a gula é o único pecado cujos efeitos (na ausência daquele metabolismo raro e feliz que permite que os frutos do pecado permaneçam ocultos) são visíveis, estão estampados no corpo."[17]

Concluindo seu estudo, escreve Francine Prose:

> Por mais que elogiemos ou condenemos este problemático e eternamente sedutor pecado capital, uma coisa é certa: o rosto grande e brilhoso do glutão foi — e continua sendo — o espelho no qual vemos a nós mesmos, nossas esperanças e temores, nossos sonhos mais sombrios e desejos mais profundos.[18]

Na coleção Plenos Pecados, coube a Luis Fernando Verissimo a gula como tema. Daí resultou *O clube dos anjos*, um delicioso e bem-humorado romance policial.[19] É uma história que, no gênero, foge à regra, porque o criminoso é revelado logo no início da narrativa.

> Eu e o Lucídio somos os únicos sobreviventes desta história, e se eu não o inventei, e como são poucas as probabilidades de ele ter me inventado, o claro culpado é ele, já que era o cozinheiro e todos morreram, de uma forma ou de outra, do que comeram.[20]

A história começa quando as dez personagens, ainda adolescentes, reúnem-se em volta de uma mesa para saborear um picadinho de carne com farofa de ovo e banana frita. Depois, durante 21 anos, os jantares se repetem, a cada mês, sempre mais requintados. Até que o cozinheiro Lucídio aparece:

> Me lembro que quase só eu falei naquele primeiro encontro com o Lucídio. Contei do nosso clube. Disse o nome de todos que compunham o clube, e a cada nome o Lucídio dizia Ah ou Mmm, para mostrar que estava impressionado. Afinal, eu citara nove das famílias mais conhecidas do estado. No fim disse o meu sobrenome, que também o impressionou. Ou pelo menos ele fez outro ruído de reconhecimento, sempre com seu meio sorriso apertado. Curiosamente, Lucídio nunca mostra os dentes.[21]

Os dez amigos têm em comum não apenas a gula, mas o gosto pela arte da gastronomia, um prazer ao mesmo tempo físico, cultural, existencial e filosófico.

Por trás da trama, Luiz Fernando Verissimo conta o drama de uma geração desiludida, já que, no final, todos os membros do Clube do Picadinho acabam por deixar-se matar. A gula, como Verissimo a descreve, não é pecado capital, mas celebração do prazer e da amizade num tempo em que a vida tão poucas perspectivas oferece.

Relembradas tantas lições oferecidas por pensadores e escritores, parece adequado convir que as advertências a respeito da gula, como vício individual, permanecem válidas. A moderação no comer e no beber é bom conselho para o homem moderno. Estamos ouvindo isso a todo momento, dito por médicos e conselheiros de saúde.

É interessante observar a quantidade de programas de televisão, colunas de revistas e suplementos de jornais sobre alimentação. Há muito ensinamento sobre a boa culinária, que é uma arte e pode estar a serviço da saúde e do aprimoramento da convivência humana.

Noutros casos, o que se tem simplesmente é a propaganda para venda de alimentos industrializados. Mas será a gula pecado capital estudado e discutido através dos séculos, o grande vilão contemporâneo? Creio que não.

Mas, a partir do conceito clássico da gula, podemos diagnosticar um grande mal do mundo moderno. Quando penetramos na análise psicológica, antropológica e sociológica da gula, a que resultados chegamos? Qual é a essência da gula?

Parece-me que a síntese da gula, como vício capital, é mesmo a desordem do desejo natural de comer e beber, como ensinou Santo Tomás de Aquino. A voracidade no comer, a compulsão pelo comer — é aí que está a sede deste pecado capital.

Como transportar a gula clássica para o mundo de hoje?

Suponho que nos acudiu uma boa intuição quando vimos a gula moderna manifestar-se pela fome de lucro sem limites. Essa fome de lucro vigora nas relações interpessoais, dentro das fronteiras nacionais e nas relações econômicas internacionais.

Dentro das fronteiras nacionais essa fome traduz-se na subordinação do ser humano a supostas leis econômicas naturais. O homem passa a ser o objeto da economia, quando, na verdade, deveria ser o seu sujeito. No plano internacional, essa idéia de lucro sem limites, baseada no mesmo desvio ético (o homem a serviço do dinheiro), traduz-se: na opressão monetária (o dólar como medida de valor); no pagamento de preços vis pela matéria-prima dos países pobres; na eternização das dívidas externas dos países pobres, por meio da cobrança de juros extorsivos sobre essas dívidas, além da cobrança de juros sobre os juros (agiotagem internacional); na concorrência desleal, em desfavor das indústrias dos países dependentes; na sujeição dos países pobres a autênticas chantagens, por parte de empresas estrangeiras, visando à obtenção de favores fiscais transformados em condição para que tais empresas se instalem em países dependentes; no recurso à guerra e às intervenções militares, quando falham procedimentos que assegurem a prevalência dos interesses econômicos das nações fortes.

Todos os anátemas contra a gula clássica registrados neste capítulo são, a meu ver, absolutamente apropriados para endereçar à sanha devoradora dos glutões de hoje — este pequeno círculo de poderosos que comanda a economia mundial.

NOTAS

1. Lançamos esta observação num artigo que publicamos no jornal *A Gazeta*, de Vitória, justamente depois das festas de fim de ano. Cf. *A Gazeta*, edição de 5 de janeiro de 2005.
2. Altoé, Sônia. *Infâncias perdidas — o cotidiano dos internatos-prisão*. Rio de Janeiro, Xenon Editora, 1990.
3. Cf. o livro *Uma porta para o homem no direito criminal*. Rio de Janeiro, Forense, 2001, p. 106.
4. Idem, p. 105 e 108.
5. Idem, p. 109.
6. Idem, p. 6 e seguintes.
7. Idem, p. 75 e seguintes.
8. Idem, p. 123 e seguintes.
9. Idem, p. 2 e seguinte.
10. Primeira edição: Editora O Cruzeiro, Rio de Janeiro, 1946. Mais recente edição: Gryphus, Rio de Janeiro, 1992.
11. Dados extraídos do site: http://www.graciliano.com.br/entrada.html — acesso em novembro de 2005.
12. A vida reservou-me a alegria de ter três encontros com Betinho: no Rio de Janeiro, na sede do Ibase, para atender uma convocação sua e escrever o livro *Como participar da constituinte*. Mais uma vez no Rio, na Universidade Santa Úrsula, para participar de um debate com ele. Finalmente, em Belo Horizonte, para comparecer ao lançamento de um livro seu.
13. Beviláqua, Clóvis. O problema da miséria. In: *Textos de filosofia geral e de filosofia do direito*. Aloysio Ferraz Pereira, organizador. São Paulo, Editora Revista dos Tribunais, 1980, p. 284.
14. *Bíblia Sagrada*. Edição Pastoral. Tradução, introdução e notas: Ivo Storniolo e Euclides Martins Balancin. São Paulo, Paulus, 1990, p. 933.
15. Nina, A. Della (organização e coordenação). *Dicionário enciclopédico da Sabedoria*. São Paulo, Editora das Américas, s/data, vol. 3, p. 193 e segs., vol. 8, p. 205 e segs. Extraídas desta obra esta citação e as seguintes.

16. Prose, Francine. *Gula*. In: coleção Sete Pecados Capitais, tradução de Sergio Viotti, São Paulo, Editora Arx, 2004, p. 14.
17. Idem, ibidem.
18. Idem, p. 114.
19. Verissimo, Luis Fernando. *O clube dos anjos*. In: coleção Plenos Pecados, Rio de Janeiro, Objetiva, 1998.
20. Idem, p. 10.
21. Idem, p. 12.

CAPÍTULO 7

Luxúria — Consumismo

O CONSUMISMO no lugar da LUXÚRIA

Não fica restrito ao desejo sexual. É uma sede de satisfazer prazer. E o prazer aqui é sinônimo de consumo. O consumo é apresentado como felicidade.

Entrevista do autor ao jornal A Gazeta, de Vitória.

A luxúria, como pecado capital, é definida como um apetite sexual insaciável com exclusiva satisfação física. A luxúria traz implícita a idéia de descompromisso entre os participantes da intimidade sexual, bem como da absoluta cisão entre sexo e amor. Numa perspectiva de luxúria como vício, o outro é sempre referido como objeto do congresso sexual, nunca sendo compreendido como sujeito.

Na antiga educação religiosa havia reservas em relação ao tema sexo, de modo que sexo e luxúria eram quase sinônimos. Os colégios de padres e de freiras e também outros colégios religiosos, separando meninos e meninas, rapazes e moças, davam bem a medida dessa concepção deformada sobre a função do sexo na vida dos seres humanos.

Rachel de Queiroz, que estudou em colégio de freiras, registra essa suspeição em torno do tema quando conta que as mestras evitavam falar a respeito do pecado capital da luxúria. Luxúria era um palavrão. Segundo a escritora, não se falava sobre sexo, eram palavra e assunto proibidos. Não obstante, as alunas desconfiavam do que era, embora tivessem muito pouca informação sobre a matéria.[1]

Santo Tomás de Aquino, muito diversamente do que se poderia supor por mero preconceito contra um teólogo medieval, tinha enorme compreensão da fragilidade humana. São suas estas palavras, referindo-se justamente à luxúria: "A paixão não pode ser pecado mortal, por não poder residir este na sensualidade. O pecado provocado pela paixão não pode ser mortal."[2]

Afastaram-se de Santo Tomás de Aquino todos aqueles que elegeram as fraquezas humanas no campo do comportamento sexual, ou até mesmo as peculiaridades de cada ser em particular, como se fossem megapecados.

Assim procederam, por exemplo, na minha juventude, os que "crucificaram" minha conterrânea Luz del Fuego, que desafiou o farisaísmo de seu tempo. Esse farisaísmo apodava como imoral a exibição do corpo, mas não via transgressão ética numa sociedade plantada na injustiça.[3]

Tem-se a idéia de luxúria como um pecado capital ligado ao sexo. Mas não será o narcisismo uma forma disfarçada de luxúria?

Jean Lauand manifesta seu desgosto pelo desprezo contemporâneo ao estudo dos pecados capitais. E registra, como sintomático desse desprezo, o fato de muitos jovens pensarem que luxúria significa apego ao luxo. Segundo esse autor: "A perda do conceito e da palavra denuncia, de modo patético, a perda mesmo da consciência do problema."[4]

Simon Blackburn, professor de filosofia na Universidade de Cambridge, na Inglaterra, afirmou em seu livro sobre a luxúria para a coleção Sete Pecados Capitais que ela não é meramente útil, e sim essencial. Pretendia, assim, elevá-la da categoria de vício à de virtude.[5] Debruçando-se sobre a realidade de seu país, disse que as paixões inglesas incluem o patrimônio e a propriedade, ambos inimigos da luxúria.[6] Observa, ainda, que esta palavra não se limita ao desejo sexual, tendo uma significação mais ampla: luxúria pela vida, pelo ouro, pelo poder.[7]

O livro de João Ubaldo Ribeiro sobre a luxúria, *A casa dos budas ditosos* é todo escrito com o humor que caracteriza o autor.[8]

João Ubaldo inicia a história com a apresentação da personagem central: uma senhora que lhe entrega a transcrição de várias fitas sobre sua vida[9] de "libertina pervertida".[10] A autoria do livro é atribuída pelo escritor à personagem que ele criou.

O término do livro é sua síntese:

Eu não pequei contra a luxúria. Quem peca é aquele que não faz o que foi criado para fazer. E eu fiz o que Ele me criou para fazer. Não quero entender nada. Quero acreditar, mas não posso ter certeza, não se pode ter certeza de nada, que Deus me terá em Sua Glória e sei que Ele agora está rindo.[11]

Na verdade, o livro é uma ode à luxúria, desenhada com graça, malícia e bom gosto. Sobre pureza e impureza, pudor e despudor, luxúria e castidade muito nos diz a sabedoria. Comecemos pela Bíblia Sagrada e citemos depois escritores, filósofos e poetas de diversos países, de várias épocas:

Felizes os puros de coração, porque verão a Deus. (Evangelho segundo Mateus, capítulo 5, versículo 8)[12]

Tudo é puro para os puros; mas nada é puro para os impuros. (Carta de Paulo a Tito, capítulo 1, parte inicial do versículo 15)[13]

Felizes os íntegros em seu caminho, os que andam conforme a vontade de Javé. (Salmo 118, versículo 1)[14]

Se teu coração for reto, toda criatura te será um espelho de vida e um livro de santas doutrinas. (Thomas A. Kempis)[15]

É o pudor uma enorme hipocrisia, comum no entanto, e consiste em só dizer raramente aquilo em que se pensa constantemente. (Anatole France)[16]

O pudor é a epiderme da alma. (Victor Hugo)

Se bem refletirmos, veremos que não deixamos de estar nus dentro das nossas vestes. (Heinrich Heine)

Pureza: velhíssimo vocábulo, para o qual mister se faz recorrer ao dicionário. (Etienne Rey)

Para os puros, tudo é puro. (John Milton)

A pureza descansa; a libido, pelo contrário, vive ocupadíssima. (Sêneca)

Pode uma gota de lama cair sobre um diamante, e pode, assim, escurecer-lhe o fulgor; mas, embora o diamante inteiro se encontre cheio de lama, não perde um momento sequer o valor que o faz bom, e é sempre diamante, por mais que o manche o lodo. (Rubén Darío)

> Sê como o espelho calmo e indiferente,
> que, refletindo o lodo e a flor,
> é sempre o mesmo, inalteravelmente.
> Sê puro! disse-me o Senhor.
> Mas se eu dissesse ao meu espelho, um dia,
> "sê sempre puro!" ao dizer tal
> meu hálito de fogo embaçaria
> a superfície de cristal. (Guilherme de Almeida)

Depois dessa revisão a respeito da luxúria, como pensada através dos séculos, cabe a pergunta final, motivação deste livro ao tratar de cada um dos pecados capitais:

O que é a luxúria hoje?

Qual é o apetite insaciável do mundo moderno?

Qual é o apetite que a publicidade alimenta com as sensações da luxúria?

Onde está situado hoje o templo de Baco?

Qual é o grande orgasmo prometido como dádiva celestial?

Não temos dúvida em responder que o consumismo é o novo nome da luxúria.

Nos meus tempos de jovem, na cultura brasileira machista, o rapazola com freqüência supunha ingressar no mundo adulto quando penetrava no templo da luxúria por meio da primeira relação sexual. Os vaidosos alardeavam conquistas, relacionavam moças que tinham seduzido ou, pelo menos, beijado na boca. Mesmo quem não tinha a seu crédito assinaladas aventuras, para não se sentir em prejuízo, alardeava proezas sexuais imaginárias.

No mundo de hoje, o passaporte para deixar de ser menino é a abertura de uma conta bancária ou a posse de um cartão de crédito. Suprema glória não é desfilar a pé, na praça da cidade, com uma moça bonita, e sim desfilar num carro próprio, com ou sem moça bonita.

O ser humano que a luxúria desrespeitava era "o outro", transformado em objeto da relação sexual, com perda da condição de sujeito, da condição de pessoa.

Os seres humanos que a luxúria consumista desrespeita e despreza são as pessoas de modesta condição econômica, aquelas que exercem ofícios humildes. Em uma mentalidade bastante difundida, o jovem rico ou de classe média considera como servidores os que lhe são inferiores financeiramente. Nem é tanto culpa do jovem essa deformação ética, mas culpa muito mais do ambiente social apodrecido. Na sociedade consumista, "só tem valor quem tem". Nessa sociedade, o cartão de crédito é a verdadeira "carta de cidadania".

Na minha vida de juiz, pude constatar muitas vezes os malefícios de uma pseudocivilização baseada no consumo. Certa vez, livrei da prisão um acusado primário, jovem, trabalhador. Furtara um objeto de pequeno valor que "brilhou" aos seus olhos, justamente porque, em torno desse objeto, havia uma grande publicidade. Concedi-lhe "suspensão condicional da pena", ou seja, suspensão da pena mediante certos compromissos, inclusive o de comparecer à minha presença nos dias marcados.

Na sentença, fiz referência ao sociólogo Robert Merton (citado no capítulo sobre a inveja), que observou, na sociedade norte-americana, o descompasso entre as metas culturais e os meios institucionalizados para atingi-las. Dessa forma, trouxe os estudos do sociólogo para a realidade brasileira, para a realidade do meu estado e da minha comarca.

Meta cultural é consumir. Meio institucionalizado para alcançar a meta cultural é o salário insuficiente até mesmo para as necessidades mínimas do trabalhador.[17] São Francisco de Assis, se voltasse a este mundo, vestido no seu surrão, não poderia ingressar nos *shopping centers* e em muitas lojas. Isto se não fosse preso em flagrante delito como incurso na contravenção penal de vadiagem.

Na sociedade consumista, os padrões de felicidade são medidos pelos níveis de consumo: quem consome mais é mais feliz.

Que logro! Que mentira! Que falsificação dos mais autênticos valores humanos!

As maiores vítimas da sociedade de consumo são os jovens. Grande esforço têm de fazer os pais bem-intencionados para defender seus filhos do envenenamento da sociedade de consumo.

Pobre luxúria de outros tempos, pobre luxúria de Santo Tomás de Aquino! Quão mais perversa, nociva e degradante é a luxúria consumista do mundo moderno, inoculada no povo, inclusive nas crianças, dia após dia.

NOTAS

1. Queiroz, Rachel de. Os sete pecados capitais. In: *O Estado de S. Paulo*, edição de 3 de fevereiro de 2001.
2. Aquino, Tomás de. *De Malo*, questões 3 a 10. Apud: Lauand, Jean. Trechos de estudo introdutório a traduções de Tomás de Aquino, originalmente publicado em: *Sobre o ensino (De Magistro) / Os sete pecados capitais*, São Paulo, Martins Fontes, 2001.
3. Ver nosso artigo Memória capixaba, em *A Gazeta*, de Vitória, edição de 27 de outubro de 2004.
4. Lauand, Jean. Trechos de estudo introdutório a traduções de Tomás de Aquino, originalmente publicado em: *Sobre o ensino (De Magistro) / Os sete pecados capitais*, São Paulo, Martins Fontes, 2001.
5. Blackburn, Simon. *Luxúria*. In: coleção Sete Pecados Capitais, tradução de Cordelia Magalhães, São Paulo, Arx, 2005, p. 18.
6. Idem, p. 23.
7. Idem, p. 37.
8. Ribeiro, João Ubaldo. *A casa dos budas ditosos*. In: coleção Plenos Pecados, Rio de Janeiro, Objetiva, 1999.
9. Idem, p. 10.
10. Idem, p. 137.
11. Idem, p. 163.
12. *Bíblia Sagrada*. Edição Pastoral. Tradução, introdução e notas: Ivo Storniolo e Euclides Martins Balancin. São Paulo, Paulus, 1990, p. 1.242.
13. *Bíblia Sagrada*. Edição Pastoral citada, p. 1.541.
14. *Bíblia Sagrada*. Edição Pastoral citada, p. 802.
15. Nina, A. Della (organização e coordenação). *Dicionário enciclopédico da sabedoria*. São Paulo, Editora das Américas, s/data, vol. 5. p. 411. Tradução do pensamento citado: frei Tomás Borgmeier.
16. Nina, A. Della (organização e coordenação). *Dicionário enciclopédico da sabedoria*. São Paulo, Editora das Américas, s/data, vol. 3, p. 394 e segs., vol. 8, p. 425 e segs. Extraídas desta obra esta citação e as seguintes.
17. Cf. o livro *Uma porta para o homem no direito criminal*. Rio de Janeiro, Forense, 2001, p. 80.

CONCLUSÃO

Surpreendentemente — pelo menos para mim — chegamos ao final deste livro. Eu tinha dúvidas se alcançaria este objetivo. Havia escrito muitos outros livros, mas nenhum no gênero deste. Pareceu-me, de início, um desafio assustador.

Não produzi aqui uma tese acadêmica. Não era este o propósito. Procurei escrever um texto ao mesmo tempo útil e leve. Tanto quanto possível, permeei com minha experiência pessoal o desenvolvimento das idéias. Afinal, uma das poucas vantagens de não ser muito jovem é poder contar casos.

Embora não se trate de uma tese acadêmica, suponho que conseguimos provar que os pecados capitais do mundo contemporâneo são aqueles que a entrevista ao jornal *A Gazeta* me levou a apontar.

A grande mensagem do slogan do Fórum Social Mundial, "Um outro mundo é possível", é que esse outro mundo não é uma quimera, mas algo realizável por meio da luta de todos nós. Não é um pequeno grupo de idealistas um tanto românticos que está dizendo isto. Atualmente, milhões de pessoas, espalhadas por todos os quadrantes da Terra, estão afirmando que "Um outro mundo é possível".

Como será esse outro mundo?

A meu ver, será um mundo sem os novos pecados capitais.

Será um mundo fundado na paz, na cooperação entre as nações, no respeito às diferenças culturais, históricas, religiosas, ideológicas, e no zelo pela identidade e fisionomia de cada povo. Será um mundo com abundância de bens, após o redirecionamento da economia mundial, que hoje tem na indústria e no comércio de armamentos algumas de suas maiores forças. Uma cultura da paz há de transformar e fermentar esse novo mundo, paz como fruto da justiça. Será um mundo no qual se promoverá a paz também no interior de cada país. Um mundo do qual se proscreva a *guerra*, que é a expressão contemporânea do *pecado capital da ira*.

Será um mundo que desencorajará a inveja, por meio da partilha, da solidariedade e da aceitação das diferenças sociais e individuais. Será um mundo que romperá com padrões decretados de beleza, virtude e saber, eliminando na raiz o *complexo de inferioridade de pessoas, povos ou raças*, manifestação contemporânea do *pecado capital da inveja*.

Será um mundo que se construirá sob o signo da generosidade, da fraternidade e da comunhão, enriquecido por valores espirituais. Não será o mundo regido pelo tacão do *materialismo*, que é a versão moderna do *pecado capital da avareza*.

Será um mundo no qual todas as nações se sentarão em pé de igualdade à mesa do banquete. Abdicarão as nações poderosas de sua sede de domínio, até mesmo pela pressão da opinião pública no interior dessas nações. Nesse novo mundo, não haverá lugar para o *imperialismo econômico e político*, que corporifica, modernamente, o *pecado capital da soberba*.

Será um mundo que estimulará o esforço coletivo, o compromisso com o bem comum, rasgando-se para sempre o "salve-se quem puder". Esse novo mundo desestimulará a preguiça social, a preguiça de fazer para os outros, o *individualismo*, que é a marca com que se apresenta hoje o *pecado capital da preguiça*.

Será um mundo do qual se extinguirá a exploração do homem pelo homem, de nação por nação, motivada pela *fome de lucros sem limites*, que é a transfiguração contemporânea do *pecado capital da gula*.

Será um mundo com padrões de felicidade autêntica, com seres humanos buscando realização existencial. Não será o trágico mundo de Deraldo, "o homem que virou suco" no filme de João Batista de Andrade. Nesse novo mundo, serão eliminados os tentáculos do *consumismo* que vitima o povo, especialmente as crianças, e que por essa razão é, sem dúvida, a explicitação moderna do *pecado capital da luxúria*.

REFERÊNCIAS BIBLIOGRÁFICAS

Altoé, Sônia. *Infâncias perdidas — o cotidiano dos internatos-prisão*. Rio de Janeiro, Xenon Editora, 1990.

Aquino, Tomás de. *Suma teológica*. Tradução de Alexandre Correia. Texto integral disponível na internet no site http://sumateologica.permanencia.org.br — acessado em outubro de 2005.

Aquino, Tomás de. *Cuestiones disputadas sobre el mal*. Pamplona, Eunsa, 1997.

Barbosa, Rui. *Oração aos moços*. Prefácio e breves notas explicativas por Carlos Henrique da Rocha Lima. Rio de Janeiro, Fundação Casa de Rui Barbosa, 1949.

Betto, Frei. Colhido na internet em outubro de 2005, no site: http://www.social.org.br/artigos/artigo006htm.

Bevilácqua, Clóvis. O problema da miséria. In: *Textos de filosofia geral e de filosofia do direito*. Aloysio Ferraz Pereira, organizador. São Paulo, Editora Revista dos Tribunais, 1980.

Bíblia de Jerusalém. São Paulo, Paulus, 2002. Tradução do texto em língua portuguesa feita por um grupo de exegetas católicos e protestantes, diretamente dos originais, em língua francesa (*La Bible de Jérusalem*, publicada sob a direção da École Biblique de Jérusalem). Tradutores dos textos citados: Estêvão Bettencourt, Euclides Martins Balancin, Gilberto da Silva Gorgulho, Theodoro Henrique Maurer Júnior.

Blíbia sagrada. Edição Pastoral. Tradução, introdução e notas: Ivo Storniolo e Euclides Martins Balancin. São Paulo, Paulus, 1990.

Blackburn, Simon. *Luxúria*. In: coleção Sete Pecados Capitais, tradução de Cordelia Magalhães, São Paulo, Arx, 2005.

Boff, Leonardo. *Saber cuidar*. Petrópolis, Vozes, 1999.

Braga, Newton. *Poesia e prosa*. Rio de Janeiro, Editora do Autor, 1964.

Brunner-Traut, Emma (org.) *Os fundadores das grandes religiões*. Petrópolis, Vozes, 1999.

Cícero. *As catilinárias*. Tradução de Sebastião Tavares de Pinho. Lisboa, Edições 70, 1989.

Comblin, José. *Cristãos rumo ao século XXI*. São Paulo, Paulus, 1996.

Conselho Episcopal Latino-Americano. *A Igreja na atual transformação da América Latina à luz do Concílio.* Petrópolis, Vozes, 1977.

Dorfman, Ariel. *Terapia.* In: coleção Plenos Pecados, Rio de Janeiro, Objetiva, 1999.

Epstein, Joseph. *Inveja.* In: coleção Sete Pecados Capitais, São Paulo, Editora Arx. 2004.

Fickle, Phyllis A. *Avareza.* In: coleção Sete Pecados Capitais, tradução de Cordelia Magalhães, São Paulo, Arx, 2005.

Francine, Soninha. *Inveja tem antídoto.* São Paulo, Vida Simples, edição 35, dezembro de 2005.

Haker, Hille. "Compaixão" como um programa universal da cristandade? Tradução de Ênio Paulo Giachini. In: *Em busca de valores universais.* Karl-Josef Kuschel & Dietmar Mieth, organizadores. Concilium — Revista Internacional de Teologia. 292 — 2001/4.

Hobbes, Thomas. *De Cive — Elementos filosóficos a respeito do cidadão.* Tradução de Ingeborg Soler. Petrópolis, Vozes, 1993.

Jesus, Rita de Cássia Dias Pereira de. O respeito às diferenças: um caminho rumo à paz. In: *Cultura de paz — Estratégias, mapas e bússolas.* Feizi Masrour Milani & Rita de Cássia Dias P. de Jesus, organizadores. Salvador, Edições Inpaz, 2003.

Kohler, Erica. Os sete pecados capitais. In: *Revista Paradoxo*, edição virtual de 26 de junho de 2005.

Lauand, Jean. *Sobre o ensino (De Magistro) e Os sete pecados capitais,* de S. Tomás de Aquino. Tradução e estudos introdutórios. São Paulo Martins Fontes, 2001.

Martinez, Tomás Eloy. *O vôo da rainha.* In: coleção Plenos Pecados, tradução de Sérgio Molina, Rio de Janeiro, Objetiva, 2002.

Merton, Robert. *Sociologia.* São Paulo, Mestre Jou, 1968.

Mongelli, Lênia Márcia. Resenha: *Sobre o ensino (De Magistro)/Os sete pecados capitais,* de S. Tomás de Aquino. Tradução e estudos introdutórios de Jean Lauand. São Paulo, Martins Fontes, 2001. Texto acessado na internet, em outubro de 2005, no site: http://www.revistamirabilia.com/Numeros/Num1/resenha1.htm

Nina, A. Della (organização e coordenação). *Dicionário enciclopédico da sabedoria.* São Paulo, Editora das Américas, s/data, volumes I, III, V e VIII.

Noll, João Gilberto. *Canoas e marolas.* In: coleção Plenos Pecados, Rio de Janeiro, Editora Objetiva, 1999.

Pieper, Josef *Virtudes fundamentales.* Madrid, Rialp 1976.

Platão. *Apologia a Sócrates.* Tradução de Maria Lacerda de Moura. Acessado através da internet, em novembro de 2005, no seguinte endereço: http://www.consciencia.org/antiga/plaapolo.shtml.

Prose, Francine. *Gula.* In: coleção Sete Pecados Capitais, tradução de Sergio Viotti, São Paulo, Arx, 2004.

Queiroz, Eça de. *O crime do padre Amaro.* São Paulo, Ática, 1998.

Queiroz, Rachel de. Os sete pecados capitais. In: *O Estado de S. Paulo*, edição de 3 de fevereiro de 2001.

Ribeiro, João Ubaldo. *A casa dos budas ditosos*. In: coleção Plenos Pecados, Rio de Janeiro, Objetiva, 1999.

Silveira, Raymundo. Acessado através de seu acervo na biblioteca virtual: www.raymundosilveira.net/acervo.htm

Sófocles. *Antígona*. Versão do grego e notas de Maria Helena da Rocha Pereira Fialho. Brasília: EdunB, 1997.

Targino, Adalberto. *O invejoso*. In: Tribuna do Norte, de Natal, edição de 5.10.2005.

Thurman, Robert A. *Ira*. In: coleção Sete Pecados Capitais, tradução de Cordelia Magalhães, São Paulo, Arx, 2005.

Torero, José Roberto. *Xadrez, truco e outras guerras*. In: coleção Plenos Pecados, Rio de Janeiro, Objetiva, 1998.

Ventura, Zuenir. *Mal secreto*. In: coleção Plenos Pecados, Rio de Janeiro, Objetiva, 1998.

Veríssimo, Luís Fernando. *O clube dos anjos*. In: coleção Plenos Pecados, Rio de Janeiro, Objetiva, 1998.

Wasserstein, Wendy. *Preguiça*. In: coleção Sete Pecados Capitais, tradução de Cordelia Magalhães, São Paulo, Editora Arx, 2005.

Zago, Rosemeire, Texto disponível na internet, acessado em outubro de 2005, no site: www.portalmulher.sdv.pt.

Zeidan, Taiz. "Comportamento — Que pecado você cometeu hoje?" Acesso em outubro de 2005, pesquisando "pecados capitais" através do Google.

Este livro foi impresso nas oficinas da
DISTRIBUIDORA RECORD DE SERVIÇOS DE IMPRENSA S.A.
Rua Argentina, 171 – Rio de Janeiro, RJ
para a
EDITORA JOSÉ OLYMPIO LTDA.
em junho de 2007

*

75º aniversário desta Casa de livros, fundada em 29.11.1931